VOTO SEGRETO

MATRIMONI DI MAFIA LIBRO 1

WILLOW FOX

SLOWBURN
PUBLISHING

Voto Segreto

Matrimoni Di Mafia Libro 1

Willow Fox

Pubblicato da Slow Burn Publishing

© 2022

v3

Tradotto da g_mattina

Cover Design by MiblArt

CAPITOLO UNO

DANTE

Il modo in cui balla mi scatena pensieri che so essere sbagliati.

Ingoio un altro bicchiere di whisky, cercando di sopprimere l'impulso di alzarmi e avvicinare le mie labbra alle sue.

"Dimmi che non stai pensando di andare a letto con Nicole DeLuca", dice Moreno.

È il mio "secondo", il mio migliore amico ed è anche sempre brutalmente sincero, anche quando non voglio che lo sia.

Sa che ho iniziato ad interessarmi a Nicole dal momento in cui ho saputo che è la figlia di Gino.

Mi piacciono le sfide e lei è off-limits. Rende la caccia molto più divertente.

"Mi hai visto anche solo parlare con lei?" Sparo a Moreno un'occhiataccia per chiudergli il becco. In ogni caso, dubito che mi lascerà in pace.

È un bravo ragazzo, se una cosa del genere si può dire della famiglia Ricci.

"Continua a bere e a fissarla. Lei ti noterà sicuramente", dice Moreno.

Forse è questo il punto. Voglio che lei si accorga di me. Voglio che mi tema come suo padre, Gino, teme la mia famiglia.

Nicole si fa notare sulla pista da ballo. La luce cade sui suoi capelli corvini.

Lei si muove sinuosa, con le braccia in aria.

Voglio scopare via quel sorriso dalla sua faccia gioiosa.

Lei è una forza della natura e io sono l'uomo giusto per sconvolgere la sua vita.

"Prendi un altro drink. Offro io". Moreno fa un gesto al barista, che si avvicina e versa un altro whisky.

"Offri tu?" rido.

Il dannato bar è mio.

Può offrirsi di offrirmi tutti i drink che vuole. Io qui bevo gratis.

"Non significa che non tu non debba dare la mancia al personale". Moreno fa scivolare un cinquantone alla barista, Ren-qualcosa.

Ho dimenticato il suo nome. L'ho assunta dopo che l'ultimo barista mi ha causato problemi e un morto.

Alcune cose è meglio lasciarle nel passato.

Essere Don ha i suoi vantaggi, tra cui quello di avere tutte le ragazze che voglio.

Stasera, quella ragazza è Nicole DeLuca.

Mi sposto sullo sgabello.

Di solito rivendico il tavolo d'angolo, quello col privè. È sempre riservato, nel caso in cui volessi andarci a bere qualcosa o fare affari con un socio.

"Hai bisogno di un'altra ragazza. Qualcuno di meno mortale", dice Moreno.

Rido piano e sorseggio il mio whisky. "Parli come se fosse un'assassina".

"Suo padre lo è".

Agito la mano in aria. "È un vecchio, Gino. Una spina nel fianco".

In realtà è anche un problema di cui bisognerà occuparsi, ma questo è un lavoro per un altro giorno. Stasera sono qui per sfogarmi e divertirmi.

"Se ti scopi quella ragazza, lui ti darà la caccia", avverte Moreno. Fa segno alla barista di avvicinarsi e ordina un altro bicchiere.

Alzo un sopracciglio. Non vedo Moreno bere da, beh, da sempre.

Se beve la situazione deve preoccuparlo più del previsto. "Merda, ti sto portando a bere. Dev'essere davvero la fine del mondo", scherzo.

Si pizzica la punta del naso storto. L'ha ottenuto difendendo il mio onore in una rissa da bar quasi vent'anni fa. Ero giovane, ingenuo e all'apice dei diciassette anni. Combattevo come un bambino, non come un uomo.

Moreno ha rimediato. In più, mi ha insegnato tutto quello che so sugli affari di famiglia.

"Promettimi solo che la lascerai in pace". Moreno sorseggia il suo whisky.

Chiunque lo conosca si renderebbe conto che non ne sopporta il sapore, ma per un estraneo beve come un professionista.

"Non devi ucciderti per me", scherzo e indico il whisky. "Lo butto giù io se sei in difficoltà".

"Mi vedi lottare?" Chiede Moreno.

"Mentre tu ti godi quel whisky, io vado a darmi da fare sulla pista da ballo".

"Dante!", urla Moreno, e il suo tono contiene più di un semplice accenno di avvertimento.

Mi sta urlando di ascoltarlo.

Ma quando mai ascolto?

La cosa divertente è che io sono il suo capo, e non prendo ordini né da lui né da chiunque altro. Anche se apprezzo la sua preoccupazione,farò comunque quello che diavolo voglio.

Non l'ha ancora capito?

Scendo dallo sgabello e mi dirigo verso la pista da ballo. Non ballo. Non ce n'è bisogno.

Sono in missione e lei è il mio obiettivo.

Ci guardiamo negli occhi e lei arrossisce quando mi avvicino.

Bene. Sembra che non mi conosca. O meglio, non ha dato segno di sapere che sono il bastardo che cerca di uccidere suo padre.

"Sono qui con degli amici", dice come se questa frase funzionasse per allontanarmi.

"Carino da parte loro scaricarti", dico.

Sta ballando da circa quaranta minuti, da sola. I pochi ragazzi che hanno cercato di rimorchiarla non hanno avuto fortuna.

Uno di loro mi guarda con aria di scusa.

Non l'ho ancora vista con uno shot o un drink in mano.

"Come fai a sapere che non sono in bagno?" Chiede Nicole.

"Se lo sono, devono essere sgattaiolati fuori dalla finestra".

Lei alza gli occhi al cielo. "Stai insinuando che sono così noiosa?"

"Al contrario, non insinuo nulla, solo che sei una bella donna che balla da sola".

"Scommetto che quella frase funziona con tutte le altre ragazze", dice Nicole.

Ha ragione. Non ci vuole molto perché cadano ai miei piedi. Sono benedetto da un bell'aspetto e da un corpo fantastico. Non se ne accorge?

"Che ne dici se ti offro da bere? E se poi non vuoi più vedermi..." Non mi lascia neanche finire la frase.

"Ok."

La sua risposta mi prende di sorpresa.

La conduco verso il tavolo riservato e le faccio cenno di sedersi per prima. Il divanetto è curvo e mi assicuro di sedermi vicino a lei, le nostre cosce si toccano.

Voglio toccarla, sedurla e portarla a scoprire tutte le sfumature del piacere.

"Sei sicuro che dovremmo stare seduti qui?" chiede Nicole. "C'era scritto riservato".

Mi limito ad alzare le spalle. Non voglio rivelare chi sono, specialmente se lei non è a conoscenza della mia posizione di potere. Meglio che non sappia.

"Vediamo cosa succede", dico.

Alza un sopracciglio curioso ma non dice nient'altro.

La barista si avvicina e io chiedo a gesti due drink. Non devo specificare l'ordine. Lei userà il liquore migliore, il migliore della collezione.

"Non mi hai detto il tuo nome", dice Nicole.

"Daniel", rispondo. È una bugia, ma è chiaro che non mi riconosce e non posso permettere che il mio nome la faccia scappare.

"Sono Nikki", dice e appoggia una mano sulla mia coscia.

È cambiata da pochi minuti fa quando eravamo sulla pista da ballo, ma non sono sicuro del perché. Ma in fondo mi interessa?

"È un piacere conoscerti, Nikki", dico, come se cercassi di ricordare il suo nome.

Non potrei mai dimenticarlo. L'ho tenuta d'occhio da quando è arrivata in città e si è trasferita da suo padre, il mio nemico numero uno: Gino DeLuca.

Tutto quello che ho sempre voluto è farlo fuori, e per raggiungere quell'obiettivo sarò costretto a rovinarla per altri uomini.

Peccato.

È bella, con i suoi lunghi capelli neri e i suoi profondi occhi d'ambra.

Carina e sexy.

Potrebbe avere una vita normale se io non fossi in guerra con il suo vecchio.

Le luci sono soffuse, il bar non è terribilmente affollato per essere un venerdì sera.

La musica rallenta e io sono contento che siamo già seduti. Anche se un ballo romantico è bello a volte, non è adatto a questo momento. Non quando voglio solo strusciarmi contro di lei.

La barista torna con i drink. Uno è un whisky per me e il secondo un whisky sour con ghiaccio per lei. È forte ma dolce, troppo femminile per i miei gusti, ma le ragazze non lo hanno rifiutato in passato.

Non mi aspetto che lei sia diversa.

Mi sbaglio.

Fa scivolare il suo bicchiere verso di me e afferra il mio prima che io possa portarlo alle labbra. "Prendo il tuo".

Dannazione, quella roba è costosa.

Le ragazze prendono sempre l'off-label, e poiché è mescolato non possono sentire la differenza.

Sorride timidamente e sbatte le sue lunghe ciglia scure, ma è solo una recita.

A che gioco sta giocando?

"Spero non ti dispiaccia. Preferisco la roba buona, l'oro liquido". Nicole trangugia il whisky in pochi secondi e sbatte il bicchiere con forza sul tavolo di legno.

Il suo sguardo d'ambra calda ha delle chiazze dorate e più a lungo mi guarda, più mi perdo nei suoi occhi.

Che diavolo sta succedendo?

"Vuoi uscire da qui?"

Lo voglio più di ogni altra cosa, ma il mio istinto mi dice di no. "Che ne dici se ti riporto a casa?" suggerisco.

So già che vive con suo padre, ma mi chiedo quale scusa mi darà.

CAPITOLO DUE

NICOLE

Quattro ore prima

"Vieni giù un momento, Nicole", dice papà.

Mi vede come il suo animale domestico, un premio che gli piace sbandierare ai pretendenti del settore. Si vanta di quanto sia orgoglioso di me, ma è orgoglioso solo di se stesso.

Odio mio padre, ma è la mia famiglia. Trasferirmi a casa non è stata una mia idea, ma non ho un altro posto dove andare senza un lavoro ed essendomi laureata da poco.

Scendo le scale. I piedi nudi sfiorano il pavimento di legno freddo. "Sì, papà?"

"Vieni, siediti con me nel mio ufficio".

Il terrore mi chiude lo stomaco. Ogni volta che mio padre vuole che lo raggiunga nel suo ufficio significa che l'ho deluso in un modo o nell'altro.

Cosa ho fatto questa volta?

"Come sai, ho tenuto la lingua a freno e ho lasciato che tu prendessi una laurea e ti diplomassi in quella stupida scuola", dice papà.

Le guance mi bruciano e stringo le labbra per evitare di reagire.

"Ora che sei a casa e hai ventidue anni, ti sistemerai con un giovane di mia scelta".

"Papà!" Mi sento come una bambina.

E lui mi tratta come tale.

La sua mano mi schiaffeggia forte in faccia.

"Non interrompermi", rimprovera.

Riabbasso la testa per la vergogna. È quello che vuole, dopo tutto, il controllo.

"Ho riflettuto a lungo sulla questione, Nicole. È nell'interesse di tutti che tu ti sposi..."

"No!" Aspetto che mi dia un altro schiaffo in faccia, ma non arriva. "Non sposerò qualcuno che secondo te dovrei sposare. Questo è un concetto così arcaico!" Grido con disgusto mentre mi precipito fuori dal suo ufficio.

"Signorina, non ho finito di parlare con te!"

Non mi interessa, e lui lo capisce mentre mi affretto verso la porta. Mi infilo un paio di scarpe e mi precipito fuori dall'ingresso principale.

Non ci ho ragionato bene.

Non ho una macchina.

Niente soldi.

E nessuno da chiamare o da cui farmi aiutare.

Mi dirigo verso la strada principale, ignorando le guardie che mi interrogano mentre esco, chiedendomi se ho bisogno di un passaggio. Per quanto lo desideri, so anche che diranno tutto a mio padre, compreso dove sono scappata.

———

Mi dirigo verso il bar della città più vicina. Passeggiare non mi turba. Il tempo è bello, soleggiato e piacevole, troppo bello per il mio umore.

Voglio sbronzarmi ma ho dimenticato il portafoglio. Potrei flirtare con il barista o forse con una bella ragazza al bar. Questo presuppone che chiunque in questa città mostruosamente piccola sia bello e valga il mio tempo.

Non aiuta il fatto che non ho un posto dove andare. Il ritorno a casa mi pesa dentro come un macigno.

Evito i drink e vado sulla pista da ballo. La musica martellante mi risveglia e mi fa dimenticare la giornata turbolenta. Mi scrollo di dosso i primi due ragazzi che si contendono la mia attenzione.

Non attraggono il mio interesse. Sono troppo sorridenti e perfetti.

C'è un uomo al bar che è sexy.

Vestito elegante, occhi scuri e un bel fisico.

Però cerca troppo di impressionare.

Il mio sguardo si sofferma su di lui più a lungo del dovuto e mi affretto a distoglierlo, girandomi mentre ballo in mezzo alla pista, con i piedi che calpestano il terreno. Lasciarsi andare è meraviglioso.

Se solo potessi tagliare tutti i legami con la mia vita.

Non sarebbe stato così difficile se avessi trovato un lavoro da insegnante. La mia laurea ora era un pezzo di carta, senza valore.

Avrei dovuto esaminare il mercato del lavoro prima di laurearmi in educazione elementare. Non è che non ci fosse lavoro in generale, in alcune aree stavano assumendo ma non erano nei quartieri migliori.

In realtà questo non mi preoccupava particolarmente.

Il problema era che quei territori erano gestiti da famiglie rivali.

Sarei sempre stato un bersaglio finché mio padre fosse stato Don.

Non era sempre stato Don, ovviamente, ma era stato il secondo in comando. Il vice di Angelo DeLuca. Non riuscivo a ricordare un momento in cui Angelo e papà non fossero stati amici.

Quando Angelo morì, papà prese in mano l'azienda di famiglia con orgoglio e ammirazione.

Con me si era sempre comportato male, era un bastardo. Rabbrividisco al ricordo della sua mano che mi schiaffeggia il viso. Papà non era mai stato gentile, ma fin tanto che era il vice mi aveva lasciata abbastanza in pace.

Ora che era Don DeLuca, l'oscurità che aveva nel cuore era cresciuta.

Voleva essere temuto da tutti.

Il bello sconosciuto dall'aspetto misterioso mi si avvicina. Non fa neanche finta di ballare. Sorprendentemente, non mi tocca e non si struscia contro di me.

Se avessi bevuto qualche bicchiere, non mi sarebbe dispiaciuto se l'avesse fatto, in realtà. Il suo nome è Daniel. Mi scivola dalla lingua con semplicità. Non sembra un Daniel, ma cosa ne so io?

Lui flirta e io abbocco. La verità è che ho bisogno di un passaggio fuori da questa città, e se questo significa prendere le chiavi della sua macchina o il suo portafoglio, così sia.

Mi unisco a lui per un drink, gli rubo il whisky e subito dopo gli chiedo se vuole andarsene da qui.

Non posso tornare a casa, anche se lo volessi. Una parte di me vuole trascinarlo davanti a mio padre per umiliarlo.

"Stanno fumigando casa mia", mento così facilmente. Non posso fargli sapere che sono la figlia di Don DeLuca. Non so chi lavora per mio padre e chi no. Si è fatto dei nemici e questo non è un segreto. I DeLuca non fanno amicizia facilmente.

"Strano, è quello che sta succedendo a casa mia", dice Daniel.

Sorrido, scuotendo la testa. "Mi prendi in giro". Gli do un colpetto sul petto. Non sono sicura del perché, ma ho il bisogno insistente di provare qualcosa di diverso dalla rabbia e dal risentimento.

Odio mio padre.

Afferro Daniel per la cravatta e lo tiro verso di me per un bacio.

Lo prendo di sorpresa. La maggior parte degli uomini non è abituata alla mia sfacciataggine. Sono abituata al potere, sono abituata ad avere gente che mi comanda. È bello avere la possibilità di avere il controllo ogni tanto.

Giuro che lo sento ringhiare.

Dio, voglio divorarlo.

"Ho un'idea migliore", sussurra Daniel all'orecchio e mi tira sulle sue ginocchia.

Indosso un vestito nero corto che arriva a mezza coscia. Le spalline continuano a scivolarmi sulle spalle e, per la prima volta stasera, non cerco di tirarle su.

Posso sentire il suo pene che preme contro i pantaloni.

Le mie dita si aggrappano ai suoi capelli mentre le nostre labbra si fondono.

Non è l'unico a ringhiare. Credo di aver appena fatto lo stesso suono.

Non dovremmo.

Non possiamo.

Non nel bar.

Non in un luogo pubblico dove qualcuno può vedere cosa stiamo facendo.

Dio, come lo voglio.

Mi morde il labbro inferiore e io gemo.

La musica copre i miei rumori, ma sono sicura che Daniel può sentire ogni suono che faccio.

Mi apre le gambe ed esplora ciò che è nascosto sotto la gonna. Tocca le mie mutandine. Può dire che sono bagnate a causa sua?

Le sue dita sono ruvide e veloci, spingono le mutande di lato. Non sono sicura che la seta sia ancora intatta.

Le sue labbra si spostano sul mio orecchio, il suo respiro mi solletica e mi eccita. "Sei bagnata per me, gattina".

Il modo in cui lo dice mi fa venire i brividi.

Mi pizzica il clitoride, mandando un'onda di calore che mi arriva fino al cuore.

Faccio fatica a concentrarmi, a tenere gli occhi aperti. Il mio respiro è diventato più profondo. Ogni respiro è un rantolo.

Mi bacia di nuovo con la sua bocca calda e ruvida, e sposta leggermente i miei fianchi, quanto basta per sollevarmi da lui mentre estrae il cazzo dai pantaloni.

E poi si fa forza, penetrandomi.

Gemo, sicura che l'intero bar può sentire i suoni, e tutti sanno cosa stiamo facendo.

Daniel mi copre la bocca. La sua lingua esplora le mie labbra mentre muove i fianchi e le sue mani si appoggiano sul mio culo.

Ci muoviamo insieme all'unisono. Le sue spinte sono profonde e forti.

Improvvisamente, mi solleva i fianchi e mi gira per farmi sedere sulle sue ginocchia. Entra di nuovo in me, le mie interiora pulsano e sento un orgasmo avvicinarsi. A quel punto lui si allontana.

Apro la bocca per chiedere cosa sta facendo, ma è già tornato dentro al mio calore e alla mia umidità.

I suoi movimenti diventano più veloci, più rudi, mentre mi penetra e io mi stringo.

"Non ancora", comanda.

Rantolo e mi sento sull'orlo dell'oblio.

La sensazione cresce dentro di me. Il cuore mi batte forte in petto, il respiro esce in rantoli mentre sono ricoperta di sudore.

Tremo e stringo il suo membro, e lui mi afferra il mento e mi gira la testa di lato.

"Ti ho detto che potevi venire?", chiede. Il suo tono è duro.

Mi trasformo alle sue parole. Aspetto che mi colpisca, ma non lo fa.

"Non l'ho ancora fatto". Sono al limite però.

"Cazzo", dice.

Alcune altre spinte e lui si gonfia dentro di me, sull'orlo del baratro.

"Vieni per me, gattina".

Faccio come lui comanda, stringendo, stringendolo mentre tremo sul suo grembo. Mi mordo il labbro inferiore, tenendolo tra i denti per soffocare i gemiti.

Daniel mi solleva e mi fa sedere di nuovo sulla panca accanto a lui. Si rimette i pantaloni e si chiude la cerniera. I suoi occhi brillano mentre esce dal privè che abbiamo condiviso.

"Aspetta", dico e lo prendo per la cravatta. Lo stringo forte per un ultimo bacio.

Ma non è tutto quello che cerco. Ho bisogno delle sue chiavi o del suo portafoglio. Qualsiasi cosa su cui possa mettere le mani prima senza che lui se ne accorga.

Con una mano attaccata alla sua cravatta, faccio attenzione a borseggiarlo senza che lui sospetti nulla.

Mi spingo le sue chiavi dietro la schiena e sto attenta a non farle tintinnare.

"Buona notte", dico con un sorriso timido.

Attraversa la stanza fino al bar dove si trova il suo amico. Si siede, e io scivolo fuori dalla porta principale prima che Daniel possa rendersi conto che gli ho rubato le chiavi e chiamare la polizia.

CAPITOLO TRE

DANTE

"Sei pronto ad andartene da qui?" chiedo a Moreno.

Lui sembra annoiato, e io non ho più interesse a restare ora che mi sono divertito.

Il mio sguardo perlustra il bar ma non vedo alcun segno di Nicole. Deve essersene già andata. Non so perché mi interessi. Almeno non ci sono altri uomini che ballano con lei.

Una strana fitta di gelosia mi colpisce come un fulmine.

Non dovrebbe importarmi. Faccio un gesto alla barista per un altro whisky.

"Guido io", dice Moreno e tende la mano.

Sta aspettando che gli dia le chiavi.

"Mi sembra giusto". Non sono in vena di litigare con lui e, francamente, sono un po' più che brillo. Non ho bisogno di mettermi al volante e distruggere la macchina. Inoltre, è per questo che mi faccio accompagnare da uomini come Moreno.

Occasionalmente ho anche degli autisti, ma mi piace guidare, mettermi al volante e avere il controllo completo. C'è qualcosa di meraviglioso nell'andare fuori strada, attraverso un terreno roccioso e valli pericolose tutto da solo.

Ingoio l'ultimo bicchiere di whisky che la barista mi porta.

È carina. Giovane. Appena ventuno anni.

Diavolo, Nicole sembrava a malapena abbastanza grande da poter essere nel bar.

Da quando ho iniziato a rincorrere un culo che aveva quasi la metà dei miei anni?

Cazzo.

Quando sono diventato così dannatamente vecchio?

Mi alzo, piantando i piedi saldamente a terra. Non voglio far capire che sono brillo nemmeno a Moreno. Quell'uomo non mi lascerebbe mai vivere.

Infilo la mano nella tasca dei pantaloni per recuperare le chiavi.

No, non ci sono.

Controllo l'altra tasca. C'è il portafoglio, ma non le chiavi della macchina.

Sospirando per mantenere la calma, mi dirigo di nuovo verso il tavolo che avevo occupato prima con la delizia dai capelli corvini.

Non c'è traccia delle mie chiavi né sul divanetto né sotto il tavolo.

"Cerchi qualcosa, capo?" Chiede Moreno. È in piedi dietro di me e sta sorridendo sotto i baffi.

È una specie di scherzo? "Ti ho già dato le chiavi?"

Giuro che non sono così sbronzo. Solo un po' brillo. Ma cazzo, la stanza gira come una giostra quando mi piego.

Moreno non sorride più né scherza. Non sembra divertito.

"La ragazza, te le ha rubate".

"Nicole?" Mi passo una mano tra i capelli corti e scuri.

No. Non mi deruberebbe mai. Chiunque abbia un po' di cervello sa che non bisogna mettersi contro la famiglia Ricci.

Però lei non sapeva che sono Don Ricci.

"Dante, che ne dici se faccio una telefonata e chiedo ad uno dei ragazzi di portarci una macchina?" suggerisce Moreno.

Gli faccio cenno di fare quello che deve fare mentre io mi dirigo verso la porta. Esco e noto che la temperatura si è rinfrescata un po'. È estate, c'è un caldo opprimente, ma la brezza che tira mi fa desiderare i giorni più freschi che arriveranno presto.

Uno dei vantaggi di essere in montagna è che le notti sono abbastanza confortevoli.

Non vedo il mio pick-up fuori, non che mi aspetti di trovarlo. Se Nicole ha rubato le chiavi, allora ha rubato anche la macchina.

Stranamente mi ha lasciato il portafoglio.

Era un gioco per lei?

Sapeva chi ero quando ci siamo incontrati e mi ha preso in giro?

————

Mi alzo presto per colpa di una notte di sonno di merda.

Moreno sapeva di non dover dire una parola sul furgone mentre Sawyer ci prendeva e ci riportava a casa.

Mi sono girato e rigirato nel letto, incapace di dormire decentemente a causa di quella bellezza dai capelli corvini, Nicole.

Ieri sera non riuscivo a pensare ad altro che a lei.

Lei è ancora tutto ciò a cui riesco a pensare.

Ma ho un lavoro, e per quanto distruggere suo padre e farla mia possa essere un'idea allettante, ho un affare da gestire.

Vado in bagno. Accendo la luce e mi metto sotto alla doccia.

C'è confusione al piano di sotto, più del solito.

Lo ignoro. Qualunque cosa o chiunque sia può aspettare mentre mi do una ripulita in vista di alcune riunioni che avrò nel pomeriggio.

Gli affari non aspettano, nemmeno il capo.

Ma gli affari non arrivano in anticipo.

Potrebbe essere Nicole? Potrebbe essere venuta a restituirmi la macchina?

Faccio in fretta la doccia. Non dovrei pensare a lei, ma non riesco a fermare i ricordi che mi inondano la mente e mi riempiono i sensi.

Il cazzo si indurisce, ricordando lei si stringe durante l'orgasmo e rabbrividisce nel mio abbraccio.

Non dovrebbe avere questo effetto su di me. Ho dormito con un bel po' di donne. Posso avere tutte quelle che voglio, ma c'è qualcosa in Nicole che mi fa venire ancora voglia di lei.

Mi asciugo e passo un asciugamano tra i capelli per eliminare le ultime gocce d'acqua, quando qualcuno bussa alla porta della mia camera da letto.

Potrebbe essere lei?

"Capo", dice Moreno e si schiarisce la gola. "Lo sceriffo Nelson è qui per vederti".

Mi avvolgo un asciugamano intorno alla vita e apro la porta della camera per parlare con Moreno in privato.

Cosa voleva lo sceriffo da me? Eravamo stati attenti a mantenere i nostri affari al di sotto dei radar da quando Enzo era andato a farsi giustiziare.

L'ho ucciso io. Doveva essere fatto. Stava distruggendo la famiglia e rovinando il nome dei Ricci.

Il suo coinvolgimento nel traffico di esseri umani mi fa ancora salire la bile in bocca.

Sono un uomo con molti talenti e affari. Ho venduto droghe, armi, qualsiasi cosa, ma non sopporto un comportamento così disumano come vendere donne e bambini.

È un altro motivo per cui intendo distruggere la famiglia DeLuca. Per quanto mi riguarda, sono loro il motivo per cui sono stato costretto a uccidere Enzo.

"Hai idea di cosa voglia?" Chiedo. Gli faccio cenno di entrare e chiudere la porta dietro di sé.

Prendo i vestiti dall'armadio e vado in bagno. Lascio la porta aperta per poter parlare.

Quello che sto davvero chiedendo è se la sua visita è dovuta alla scomparsa di Enzo. Ci siamo assicurati che non ci fosse nessun corpo da recuperare, ma questo non significa che i federali e il dipartimento dello sceriffo non si metteranno a scavare in giro per cercare del marcio.

"Ha a che vedere con il tuo pick-up", dice Moreno.

Non posso vederlo mentre mi vesto, ma posso sentire la preoccupazione nella sua voce.

"Allora ce ne occupiamo noi", dico.

Possiamo gestire qualsiasi dramma che Nicole può aver portato a casa nostra.

Chiudo la cerniera dei pantaloni e abbottono la camicia. Non posso avere lo sceriffo locale che mi guarda dall'alto in basso.

Ho una reputazione da difendere. E la difenderò.

"Facciamola finita", dico e faccio segno a Moreno di aprire la porta della camera da letto e di uscire per primo.

Mi conduce giù per le scale e nel soggiorno dove il nostro ospite ci aspetta.

Lo sceriffo Nelson non si siede. Sta in piedi, con una mano sulla sua arma. Sembra ansioso, anche se non sono sicuro del perché.

Abbiamo tenuto i nostri affari per noi e abbiamo fatto del nostro meglio per non attirare l'attenzione indesiderata delle autorità.

Non ho bisogno che i miei uomini vengano mandati in prigione. Questa visita non sembra promettere niente di buono.

"Signor Ricci", dice lo sceriffo Nelson.

"Dante", lo correggo, cercando di cambiare il suo atteggiamento e lasciando che questa diventi una visita ufficiosa e amichevole. Voglio alludere al fatto che siamo amici e che non ha nulla da temere a stare in casa mia. Il primo modo per farlo è lasciargli usare il mio nome.

"Dante", dice lo sceriffo Nelson. Fa un cenno con la testa. "Abbiamo un filmato di sorveglianza del suo pick-up che ruba carburante da una stazione di servizio. Ho parlato con il proprietario, e sapendo che lei è un cittadino onesto in questa comunità, ha acconsentito a non sporgere denuncia se verrà ripagato per questo piccolo errore".

Moreno apre la bocca per parlare e io gli lancio un'occhiata. Non ha intenzione di interrompermi.

Nessuno mi interrompe.

Lo sceriffo abbassa la voce. "Ora, ho visto il filmato. So che non è stato lei. Se preferisce darmi il nome della ragazza che ha fatto questo, sarò felice di arrestarla e schedarla".

"Non è necessario", dico.

Perché sto coprendo Nicole DeLuca?

Potrei far sbattere il suo culo in prigione.

Dovrei farle affrontare le conseguenze delle sue azioni, soprattutto dopo aver rubato il mio pick-up, ma consegnarla alle autorità non è il modo in cui noi Ricci facciamo le cose.

No, ci facciamo giustizia da soli, non siamo infami.

Pagherà per i suoi crimini, ma non per mano dell'ufficio dello sceriffo locale. "Le assicuro, sceriffo, che mi occuperò della questione immediatamente".

Prendo il portafoglio e le chiavi della macchina. Mi ha rubato il pick-up, ma non ha rubato la Maserati.

"Sono sicuro che capite che devo seguirvi alla stazione di servizio", dice lo sceriffo Nelson.

"Naturalmente, non mi aspetterei niente di meno da lei".

———

Sono furioso quando torno a casa.

Non posso credere che Nicole non solo abbia rubato il pick-up ma abbia anche deciso, durante il suo piccolo giretto, di non pagare la benzina.

Stava cercando di farsi arrestare?

Forse avrei dovuto dire alle autorità chi è che mi ha preso la macchina, ma non è che non potessi permettermi di pagare.

Lo stesso si potrebbe dire di lei. È la figlia di Gino DeLuca.

La ragazza vale facilmente un milione, forse due. Quando suo padre muore, lei erediterà il suo impero.

Un'altra ragione per cui devo distruggere Gino e tenere d'occhio Nicole. Non lascerò che diventi la prossima Don.

Assolutamente no, cazzo.

"Tutto sistemato, capo?" Mi chiede Moreno mentre entro in casa come una furia.

"Voglio la sorveglianza della proprietà DeLuca. Voglio sapere tutto quello che succede in quella casa riguardo a Nicole".

Moreno dà un'occhiata a suo cugino Halsey. È ancora relativamente nuovo nel business ed è giovane.

Proprio per quello DeLuca non lo avrebbe riconosciuto.

"Ho delle connessioni a livello locale", dice Halsey. "Possiamo interrompere la sua connessione internet e costringerlo a chiamare la compagnia della TV via cavo".

"Fallo" dico, e lo mando via con un cenno della mano.

Faccio un movimento verso il corridoio vuoto da dove Halsey è appena uscito. "Pensi che possa farcela?" Chiedo.

Mi fido di Moreno. Ha raccomandato Halsey per dirigere un gruppo di uomini e dare ordini. Non sono sicuro che abbia la stoffa del capo, ma questa è un'ottima opportunità e dobbiamo cogliere l'attimo.

Se fa casino, non dovrò ucciderlo. DeLuca lo farà per me.

CAPITOLO QUATTRO

NICOLE

Abbandono il pick-up sul lato della strada, non lontano da casa. Portarlo a casa farebbe solo infuriare papà e gli farebbe chiedere dove sono stata e cosa ho fatto.

Il dannato serbatoio era quasi vuoto così ho fatto il pieno alla stazione più vicina.

Avevo intenzione di scappare ma non potevo andare lontano senza un posto dove dormire.

Nessuna carta di credito, e se avessi portato la mia con me, papà avrebbe potuto facilmente farla rintracciare.

Niente contanti.

Non avevo intenzione di dormire nel retro del pick-up.

Casa dolce casa, la mia prigione.

Almeno ho il permesso di andare e venire a mio piacimento. Anche se papà ha insistito che portassi con me una guardia, non sembra preoccuparsi del fatto che io sia scappata ieri sera.

Mi intrufolo dentro ben oltre la mezzanotte.

Papà dorme e le guardie non sembrano molto sorprese di vedermi.

Scivolo dentro la casa. La porta cigola dietro di me.

Non mi sta aspettando. Si è accorto che sono scappata?

Non l'avevo fatto proprio in sordina.

Il suo obiettivo è sempre stato quello di essere Don. È l'unica cosa che conta per lui e io mi sto mettendo in mezzo.

Salgo le scale ed entro in punta di piedi nella mia camera da letto. Mi sento di nuovo un'adolescente che esce e rientra di nascosto dopo il coprifuoco.

———

Evito papà come meglio posso.

È di umore infernale, urla ai suoi uomini, ai suoi colleghi.

Lo sento dalla mia camera da letto con la porta chiusa.

Il mio stomaco gorgoglia ma non voglio affrontare la sua ira quando è già terrificante stargli vicino normalmente. Avevo dimenticato com'era non sentire quel pesante peso dell'ansia che mi premeva sul petto.

Andare all'università era stata la cosa migliore per me.

Il ritorno a casa era il mio inferno privato.

Perché l'avevo fatto?

Ah, giusto. Non avevo denaro se non quello di papà. Ogni centesimo che avevo guadagnato durante il college era stato speso per l'alloggio, il cibo e il trasporto. Ero andata alla Northwestern, non una scuola economica, e papà aveva pagato la retta senza battere ciglio.

Mi siedo sul bordo del mio letto. Non dovrei pensare ancora all'uomo di ieri sera, quello del bar.

Avevo rubato il suo pick-up ma era stato per necessità, non per desiderio. E se lo avessi rivisto, probabilmente mi avrebbe odiato.

Non aveva importanza. Non avevo intenzione di restare a lungo a Breckenridge. Avevo due opzioni, trovare un modo per dirottare i soldi di papà o trovare un lavoro.

Il primo sarebbe stato più difficile, ma doveva pur esserci del contante in giro per il suo ufficio.

Apro la porta della camera da letto. I cardini scricchiolano, e io rimango lì come una cerbiatta abbagliata dai fari in attesa di vedere se sto per diventare la prossima vittima di papà.

"Cosa vuol dire che il suo pick-up è proprio fuori dal nostro cancello d'ingresso?" Papà urla a Marco dal fondo del corridoio.

Marco ha qualche anno più di me. È alto e pensieroso con una folta testa di capelli neri.

A volte vorrei passarci le dita, ma non credo che sia interessato a me.

È perché papà è il suo capo?

Forse è un gioco.

Stare in bilico tra ciò che è e non è permesso.

L'ho baciato nell'armadio del corridoio e gli ho fatto un pompino in cucina prima che tutti fossero svegli.

È successo quando ero al liceo, e lui mi aveva spinto in ginocchio, esigendo che facessi come diceva lui.

Il mio stomaco fa le capriole al ricordo.

Quattro anni lontano dal castello e sono una ragazza diversa. Non sono più Nicole. Sono Nikki.

Nicole non avrebbe mai rubato la macchina.

Forse quattro anni non sono stati sufficienti per liberare la mia identità. Non sono diversa dagli uomini del piano di sotto.

Rubare. Rubare.

Anche se non ho ancora ucciso nessuno.

Non posso dire lo stesso di Marco. E so che anche papà ha ucciso molti uomini ai suoi tempi. Ho assistito a brutali atrocità in sotterranei dove non avrei dovuto andare.

"E metti in funzione quel dannato internet!" Grida papà.

"Ho già chiamato la compagnia. Stanno mandando qualcuno", dice Marco.

Da quando è stato retrocesso a fattorino?

Supero di nascosto le urla e le grida e mi affretto con passi leggeri e invisibili verso la cucina.

Il mio stomaco brontola e penso che qualcuno potrebbe sentirlo, ma nessuno sembra notarlo o preoccuparsene.

———

Dopo colazione preparo una borsa e prendo il mio zaino, infilandolo su una spalla. Lo porto con me nell'ufficio di papà.

Papà sta ancora discutendo animatamente con Marco e, questa volta, Vance, il suo secondo, si è unito alle discussioni.

Sento degli stralci mentre cammino. "Guerra... territorio... Ricci."

Alcune cose non cambiano mai. I DeLuca e i Ricci sono sempre stati in guerra tra di loro da quando ho memoria.

Non importa la città o l'anno. La guerra continua.

Mi intrufolo nell'ufficio di papà e lì vedo un ragazzo che non sembra nemmeno abbastanza grande per bere, in piedi su uno sgabello che armeggia con il soffitto.

Si schiarisce la gola. "Ho quasi finito qui, signora".

I miei occhi scrutano il suo abbigliamento. La sua camicia porta il logo della compagnia per cui lavora, e sembra nervoso.

"Sembra che il router sia andato in cortocircuito. L'ho sostituito con il nostro ultimo modello che ha una portata migliore del precedente e l'ho cablato attraverso il soffitto per ottenere...".

"Come vuoi", dico e lo interrompo.

Non me ne frega niente. Lo voglio fuori dall'ufficio di papà per poter curiosare e trovare la sua scorta di denaro nascosta.

Sorride educatamente, scende dallo sgabello, lo ripiega e lo appoggia al muro prima di uscire dall'ufficio.

Beh, è stato veloce.

Aspetto per assicurarmi che non ritorni e poi mi affretto alla scrivania. Cerco nei cassetti, ma ci sono solo carte e scarabocchi di appunti. Niente di utile.

Rivolgo la mia attenzione allo schedario, apro un cassetto e poi il secondo.

Jackpot!

Dentro una cartella ci sono diverse migliaia di dollari. Il denaro è avvolto come se fosse stato appena ritirato dalla banca. Metto diverse mazzette di denaro nella borsa e la chiudo con la zip.

Chiudo il cassetto in fretta e furia proprio mentre la porta dell'ufficio si apre.

"Nicole?" La fronte di papà si aggrotta. Mi indica la sedia, ignorando o non notando lo zaino sulla mia spalla.

Conoscendo papà, probabilmente lo sta ignorando. Ha un talento per i dettagli.

"Siediti". È un comando che gli scivola dalla lingua. Indica il posto vuoto di fronte alla sua scrivania.

So che non posso correre.

Ha troppi uomini che possono fermarmi.

Speriamo che non chieda di vedere cosa c'è nel mio zaino. Sono per lo più vestiti, qualche scorta di cibo, le chiavi del pick-up e ora diverse migliaia di dollari in contanti.

CAPITOLO CINQUE

DANTE

"Abbiamo il microfono in funzione. Non ho potuto finire di sistemare la telecamera", dice Halsey al telefono. "Una ragazza è entrata e ha quasi rovinato l'operazione".

Ha appena lasciato il loro complesso.

"Un'altra cosa, capo. Gino e i suoi uomini stavano discutendo del tuo pick-up. L'ho incrociato mentre venivo qui".

"Il mio pick-up?" Cerco di non sembrare troppo sorpreso. "Dove diavolo è?"

Non riesco a fermare la rabbia che cova dentro di me, come un leone in gabbia pronto a liberarsi.

Halsey fa una pausa per un secondo prima di rispondere alla mia domanda. "L'hai parcheggiato proprio vicino al cancello, circa due chilometri a sud".

"Certo, l'ho fatto", mormoro. Che diavolo stava pensando Nicole?

Stava cercando di farmi uccidere? I DeLuca pensavano che stessi esplorando la loro proprietà?

Halsey è fortunato a non essere morto.

Riattacco la chiamata e faccio segno a Moreno di sbrigarsi. Non sono bravo con la pazienza e l'attesa.

Moreno fa partire la sorveglianza audio. Non mi aspetto molto, ma ascoltiamo lo stesso.

"Sono stanco dei tuoi giochi egoistici e del tuo atteggiamento, Nicole. Sei proprio come tua madre", dice Gino. Il suo tono è fermo e pieno di malumore.

"Abbiamo finito?" Chiede Nicole.

Sorrido al suono della sua voce.

Non dovrei. Dovrei essere arrabbiato con lei per avermi derubato, ma questo è un problema che affronteremo un altro giorno.

"Per niente. Ero serio riguardo all'accordo di matrimonio. Non è una scelta, Nicole. Tu sei mia figlia e io ti farò sposare con l'uomo che riterrò accettabile".

"Non sono un premio da vincere alla fiera dello stato", dice Nicole. "Me ne vado e tu non puoi fermarmi".

Il silenzio riempie il vuoto.

Guardo Moreno. "Vorrei davvero avere un video".

Probabilmente è la parte egoista di me che vuole rivedere Nicole. Ma posso ancora vederla, sentirla stringersi contro il mio cazzo.

Era stretto quel piccolo buco che ho scopato, come una verginella.

Dio, la voglio.

Dentro di me gemo e scappo verso il mio ufficio. Ho bisogno di qualche minuto di silenzio. Un momento per me stesso.

Ho ancora il telefono in mano, Moreno ha installato il programma in modo che io possa sentire Gino ogni volta che è nel suo ufficio.

Lo lascio acceso, aspettando di vedere se Nicole torna per finire la conversazione.

"Chiudi la porta", dice Gino.

Non so con chi stia parlando, ma l'autorità nella sua voce è imponente.

"Mia figlia è un problema da risolvere".

Questo suscita la mia curiosità e il mio interesse.

Lei è un problema. Il mio problema.

Non so quale sia il problema che Gino ha con Nicole. Anche se non mi piace l'idea che qualcuno scelga il coniuge di un altro, capisco il concetto. La nostra famiglia ha avuto matrimoni combinati per secoli. È il nostro modo di fare.

Il matrimonio di mio padre era un accordo tra famiglie. Sembravano entrambi felici. Per lo più.

"Sì, capo", dice una voce maschile. È ruvida e spessa. Non sembra per niente giovane o un novellino. Parla con autorità, come se fosse a suo agio con Gino.

So che non è Vance, il secondo di Gino. Riconoscerei la sua voce ad occhi chiusi.

"Nicole sta per scappare. La bambina è incazzata con me e non ho intenzione di fermarla. Mi ha rubato diverse migliaia di dollari. Voglio che sia catturata. I nostri uomini non devono sapere che è mia figlia".

"Ma, signore..."

"No!" La voce di Gino soffia. "Questo è per il suo bene. Deve scoprire cosa significa essere venduta ad un mostro".

Il mio sangue ribolle. La stanza è calda come una sauna e il sudore mi cola dalla fronte. Lo asciugo.

Allento i primi tre bottoni della camicia e sbatto il pugno contro il muro. Le nocche mi bruciano e il pugno pizzica, ma questo non fa nulla per attenuare il dolore nel mio petto.

Gino è il mostro e Nicole non ha idea di quello che sta per succedere.

CAPITOLO SEI

NICOLE

Mi lancio lo zaino sulle spalle, mi allaccio le scarpe da ginnastica celesti e mi dirigo verso la porta d'ingresso.

Papà non mi guarda neanche di sfuggita.

Non gli importa che io scappi. Sono solo un fastidio per lui.

Fuori, il sole è accecante e caldo. Passo davanti alle guardie sul prato per raggiungere il cancello.

"Hai bisogno di un passaggio?", mi chiede una delle guardie.

"No, va bene così. Andrò a piedi". Ho l'intenzione di tirare fuori le chiavi del camion una volta passato il cancello, quando sarò fuori dalla vista.

Il cancello si apre con un suono stridente che mi fa correre un brivido lungo la schiena. Lo ignoro.

Ci sono più uomini di guardia del solito.

Papà era arrabbiato questa mattina. Era preoccupato che fossimo nel mezzo di un'altra guerra per il territorio? Avevo sentito degli stralci e non sono un'idiota.

Papà e i Ricci non vanno d'accordo. Non sono mai andati d'accordo. Non lo farebbero mai.

Passeggio attraverso il cancello aperto. Faccio un cenno di ringraziamento alle guardie e tengo gli occhi puntati sulla curva della strada principale. È lì che ho parcheggiato il camion.

Non è fuori dalla vista. Era tardi quando son tornata a casa, ma dubito che qualcuno ci abbia fatto caso. I veicoli si rompono di continuo, e questo era fermo appena prima della strada privata che portava alla casa.

Raggiungo il pick-up e lascio cadere lo zaino a terra. Ho bisogno delle mie chiavi e non le ho a portata di mano.

Beh, le chiavi di Daniel.

Mi accovaccio e apro lo zaino. Le dita passano al setaccio il contenuto, spingendo da parte le mazzette di denaro e frugando tra i vestiti.

Avrei dovuto lasciare le chiavi nella tasca esterna. Sarebbe stato intelligente, ma stamattina non riuscivo ad essere lucida.

Papà mi rende sempre nervosa.

Le mie mani tremano. Esalo un respiro pesante e mi giro proprio nel momento in cui qualcuno mi mette un sacco sopra la testa e mi spinge le mani dietro la schiena. Sento le manette che scavano nella carne.

La persona non si identifica. Non è un agente di polizia.

"Chi sei?" La mia domanda rimane senza risposta.

Braccia forti mi sollevano e il rombo del motore di un altro veicolo sibila e rimbomba.

"Lasciami andare!" Mi contorco e grido, facendo del mio meglio per lottare, ma le braccia sono bloccate dietro di me, e non ho alcuna possibilità di vincere.

"Sai chi sono? Non puoi fare questo! Sono Nicole DeLuca. Mio padre vi ucciderà!" Grido agli uomini che mi rapiscono.

Mi spingono nel retro di un veicolo. È una macchina bassa rispetto al suolo.

Non sono nel pick-up.

Dove mi stanno portando?

Ignorano le mie suppliche, le mie urla, le mie grida di aiuto.

È perché ho rubato la macchina di quel tipo ieri sera? Mi stava dando una lezione?

Braccia forti si avvicinano. Non riesco a vedere altro che luce e ombre attraverso il cappuccio.

Delle mani sollevano leggermente il cappuccio intorno all'altezza del collo. Lo stanno togliendo?

No, sento il freddo di un collare in metallo, la fibbia viene tirata con forza e i denti acuminati mi scavano nel collo.

Ho fatto una smorfia e ho emesso un gemito per il disagio.

"Zitta!", mi dice una voce grossa.

Una scossa di elettricità mi colpisce.

Sto tremando. Convulsioni.

Non sono sicura se sono stata stordita o fulminata attraverso il collare. C'è differenza?

La corrente si ferma, ma il mio corpo brucia ancora e fa male. Mi fa male il collo. Mi fa male la gola.

Non reagisco.

Chino la testa. Sono una codarda e mi arrendo. Qualunque cosa vogliano, gliela darò.

Qualsiasi cosa pur di non sentire mai quel bruciore pulsante nel corpo.

CAPITOLO SETTE

DANTE

"Non starai seriamente pensando di farti coinvolgere?". Moreno è in piedi con le braccia incrociate.

Non sembra minimamente divertito.

"Per come la vedo io", dice Moreno, "questo risolve un problema".

Scuoto la testa. "No." Sarò anche un mostro, ma ho una coscienza. Non vendo donne o bambini. Ho passato diversi mesi a capo della famiglia Ricci lavorando per distruggere i DeLuca.

Il metodo più semplice è colpire il loro traffico di esseri umani.

Voglio distruggere Gino.

Non so cosa farò con Nicole se la vedrò. La mia testa non riesce a capire come gestire questo problema. Sono troppo coinvolto emotivamente.

Anche Moreno lo vede. Mi conosce quasi quanto io conosco me stesso.

Sarebbe rischioso entrare a passo di valzer per salvare una ragazza che mi ha derubato. Sarebbe una missione suicida.

"Ho dei contatti. Ma tu potresti dover scoprire l'indirizzo dell'asta", dice Moreno.

Ho bruciato i ponti.

Non posso semplicemente alzarmi e chiamare un vecchio collega, un socio che ora lavora per il nemico. Per me è tanto uno sbirro quanto un infame.

Ingoio la bile al pensiero di associarmi a Jayden Scott.

"Lavora per la Eagle Tactical", dico, e nel farlo arriccio le labbra per il disgusto. Quegli uomini hanno fatto fuori Angelo DeLuca quando Angelo era Don.

In un certo senso, mi avevano fatto un favore. Ma mi hanno anche portato alla decisione di giustiziare Enzo. Si trattava di lui o di me. Enzo aveva fatto in modo che tutta la sua operazione di contrabbando fosse imputabile a me.

Non avrei permesso che accadesse ed è per questo che sono stato attento.

La Eagle Tactical ha dato la caccia anche a Sergio, uno dei galoppini di Angelo. Per quanto ne so, hanno ucciso lui o le ragazze che aveva preso. Non ero sicuro di quale delle due, e non mi importava.

Solo che Sergio non ospitava più l'asta quindi non so da dove partirà l'operazione.

So solo quando.

È sempre a mezzanotte.

———

Non dovrei farlo, ma quale altra scelta ho?

Lascio il complesso e guido verso il quartier generale della Eagle Tactical. Quei ragazzi non saranno felici di vedermi.

Parcheggio alla fine del vialetto e cammino verso l'edificio. Tirando fuori il telefono, mando un messaggio a Jayden Scott.

Ho bisogno di un favore.

Non mi piace chiedere favori perché significa che sarò in debito con lui. Dovrebbe essere abbastanza entusiasta di aiutarmi. Quei ragazzi della Eagle Tactical sono praticamente come i Boy Scout con il loro codice d'onore e cazzate varie.

Mi arriva un messaggio di risposta.

Vaffanculo.

Sorrido e rido sottovoce.

Vieni fuori e dimmelo in faccia.

Non sto proprio davanti alla porta. Sono di lato, con le braccia incrociate sul petto. Scommetto che non si presenterà con una pistola carica, ma meglio essere previdenti.

Non siamo stati esattamente in buoni rapporti ultimamente. Enzo ha catturato la sua fidanzata e l'ha consegnata ai DeLuca.

Enzo non mi aveva avvertito della situazione e quando gli ho detto che ero contrario mi ha detto di farmi i cazzi miei.

Così, l'ho fatto.

Sapevo qual era il mio posto. Allora non ero il capo. Ora lo sono.

Ora sono io a dare gli ordini, cazzo.

La porta d'ingresso si apre e Jayden esce. I suoi occhi sono serrati e le sue mani sono strette a pugno.

Per fortuna non sta brandendo una pistola, o se ne ha una è messa via, nascosta.

Mi sta bene.

Anche io non vado da nessuna parte senza la mia arma sul fianco e una di riserva alla caviglia.

La mia assicurazione.

"Che faccia da culo hai a venire qui!" Jayden mi urla contro.

Mi aspetto di vedere occhi attenti alla finestra, ma è troppo difficile dire se qualcuno ci sta fissando o no.

"Lo so. Fidati, non morivo dalla voglia di chiamarti.". Questo non è l'ideale per nessuno dei due.

Per quanto mi riguarda, noi lo abbiamo tradito e lui ci ha tradito. Dovrebbe essere tutto alle nostre spalle. In qualche modo, non credo che lui si senta così però.

In realtà, non sono neanche sicuro che ci abbia tradito. Ho dei sospetti, ed è certo che ci abbia mandato una spia in casa. Questo significa che o è uno stronzo o un idiota.

Lui si scaglia contro di me, ma schivo il primo colpo e gli afferro il braccio, bloccandolo dietro di lui mentre con l'altro braccio gli stringo il collo.

"Basta così!".

La porta d'ingresso si apre e Jaxson Monroe viene verso di me. "Lascialo andare."

Lancio Jayden a Jaxson. "Non sono qui per litigare".

"Non ci crede nessuno", dice Jaxson. I suoi occhi si agitano e il suo labbro inferiore è stretto. I tatuaggi gli coprono gli avambracci. Non è una sorpresa per uno che ha fatto il servizio militare. "Cosa vuoi?", chiede.

"Gino DeLuca, questo nome ti dice qualcosa?" Chiedo.

Certo che sì. Sarebbe un idiota a non conoscere il secondo dell'uomo che ha fatto fuori. Mi ha fatto un favore, tagliando la testa al capo. Beh, in senso figurato, ovviamente.

"Non ripulirò i vostri casini. Qualunque sia la faida tra i DeLuca e i Ricci, noi ne restiamo fuori", dice Jaxson. Fa segno a Jayden di entrare nell'ufficio.

Jaxson è quello che comanda.

Interessante.

Sapevo che Jayden era nuovo nel team di sicurezza. Aveva lavorato per me prima del suo coinvolgimento con i suoi ex compagni militari. Non avrei mai dovuto fidarmi di lui, ed eccomi di nuovo a fare lo stesso errore.

"DeLuca sta ancora trafficando donne. Possibilmente bambini". Non ho prove che stia trafficando bambini, ma so per certo che sua figlia era coinvolta in quel casino, e se posso arrivare a Jaxson, tirare le corde del suo cuore e giocare con le sue emozioni forse mi farà avere le informazioni che mi servono.

La sua mano destra si stringe in un pugno. Si passa la sinistra tra i capelli. Ho già visto quello sguardo in molti uomini, anche nei miei. È combattuto.

"Che ti importa? Non siete tutti uguali voi delinquenti mafiosi?". Jaxson si avvicina.

Non ha paura di me.

Dovrebbe.

"Non sono un santo, ma non credo che le donne debbano essere costrette alla servitù sessuale. Non sei d'accordo con me?". Chiedo.

Naturalmente, lo è. È uno dei buoni, o almeno finge di esserlo. Probabilmente ha i suoi demoni, come tutti noi.

Nessuno è veramente santo.

"Allora?" Chiedo, aspettando la sua risposta.

"Cosa vuoi, Dante?" Jaxson piega le braccia sulla difensiva contro il petto. Non si è avvicinato, ma non si è nemmeno voltato per tornare in ufficio e sbattermi la porta in faccia.

Per ora la considero una vittoria.

"Ho saputo da una buona fonte che Jayden ha partecipato ad una di queste serate. Ho bisogno di sapere qual è il luogo".

Jaxson ride sottovoce. "Tu sei pazzo. Lo sai questo?"

"Mi è stato detto". Faccio spallucce. Questo non mi fa desiderare meno l'informazione. "Allora? Puoi aiutarmi o no?"

Sto provando l'approccio da bravo ragazzo: ragionare con un uomo intelligente e pieno di qualcosa che non ho: etica.

Sembra funzionare.

"Sergio era quello che gestiva l'ultima asta, pare non sia più in grado di gestirla", dico.

Sergio è morto.

Ho saputo che i ragazzi della Eagle Tactical si sono occupati di lui. Era uno stronzo che costringeva le donne ad avere rapporti senza consenso.

Sono uno stronzo anche io ma io e Sergio non siamo fatti della stessa pasta.

"Hai un indirizzo?" Chiedo. Non voglio sembrare disperato, ma ammettiamolo, non verrei da questi ragazzi se avessi le informazioni.

I miei uomini potrebbero procurarselo?

Sì, ma ci vorrebbe del tempo.

Il tempo era qualcosa che non avevo, considerando che Nicole era nei guai.

Perché penso a lei?

Lei è una distrazione. E sta diventando un problema.

Uomini come Jaxson e Jayden sono stati dalla parte della legge. Scommetto che probabilmente hanno cancellato qualche fedina penale e anche qualche multa per divieto di sosta.

"Sembra che Jayden abbia il tuo numero. Ti manderà un messaggio se scopriamo qualcosa", dice Jaxson.

Bene. Cerco di non sembrare troppo eccitato.

"Non tornare mai più qui", dice Jaxson mentre si volta verso i gradini che portano all'ingresso dell'edificio. "O mi assicurerò di piantarti una pallottola in testa prima che tu possa anche solo bussare alla porta d'ingresso".

CAPITOLO OTTO

NICOLE

La stanza è soffocante e l'aria è stantia. Non c'è ricircolo e fa caldo come all'inferno.

È buio, e il pavimento è caldo anche se è fatto di cemento. Ci sono delle sbarre che ci trattengono, fatte di ferro e arrugginite.

L'odore mi bruciava il naso quando sono arrivata, ma ora mi ci sono abituata. Ci viene dato un secchio in cui pisciare, e una volta al giorno una guardia viene a recuperare il bidone di metallo e a svuotarne il contenuto.

Tutto quello che ci viene dato è pane e acqua. Mangio ogni boccone prima che le guardie possano venire a strapparmelo.

Lo farebbero? Certamente non sembrano preoccuparsi di noi. Non riescono nemmeno a guardarci.

Sono qui da tre settimane.

O forse sono quattro.

Non c'è luce del sole. Siamo tenute in una specie di cantina. Siamo arrivate tutte con sacchi in testa e collari al collo.

Il cappuccio ce l'hanno tolto, il collare è rimasto.

Non posso parlare se non mi si parla.

Questa è una delle regole. Ce ne sono dozzine di altre, ma la base è tieni la testa bassa e fai quello che ti viene detto.

Diamond ha una lunga lista di regole, e se le vai contro, le disobbedisci, o semplicemente la guardi nel modo sbagliato, il collare intorno al collo manda una scossa di elettricità.

Pare che tutte le ragazze siano collegate alla stessa rete.

Se una di noi fa qualcosa per tradire Diamond o gli uomini che ci hanno preso, soffriamo tutte insieme.

Oggi è un giorno diverso, e non so perché. Mi fa paura.

Le ragazze non sanno chi c'è dietro i loro rapimenti.

Sette di loro sono arrivate dal Messico, gli era stato promesso un passaggio in America.

Quattro ragazze sono scappate di casa. Hanno a malapena l'aria di essere al liceo.

Sono piccole e questo mi fa rivoltare lo stomaco. Vorrei vomitare ma non riesco.

Le ragazze si stringono l'una all'altra mentre gli uomini sbloccano il cancello e ci tirano fuori una ad una.

Dove ci stanno portando?

Cosa vogliono da noi?

Sappiamo che è meglio non fare domande. Chiedere viene accolto con un dolore lancinante che ci fa dimenare selvaggiamente sul pavimento di cemento.

I collari sono una condanna a morte. O forse il solo fatto di essere qui porterà alla morte. La nostra.

Voglio combattere ma non ho più le forze. Le altre ragazze devono sentirsi allo stesso modo. Scoraggiate. Distrutte. Abbattute.

Un piede si muove davanti all'altro.

Ci sono altri uomini armati e veniamo trascinate fuori dalla cella e condotte su per le scale di cemento.

I gradini sono scheggiati e rotti. Vecchi e consumati.

Dove siamo?

Dove stiamo andando?

Io sono al centro della fila e le ragazze più giovani sono in fondo. Se potessimo proteggere le più giovani, lo faremmo, ma qui siamo tutte prigioniere.

Uomini armati stanno anche in cima alle scale. Sorridono. Cosa sanno che noi non sappiamo?

Ci portano fuori. La luce del sole è meravigliosa e calda. Vorrei scappare, ma ci sono una dozzina di guardie armate.

Siamo in minoranza.

Nel momento in cui la porta si chiude ci puntano le armi addosso.

"Spogliatevi!" ordina una delle guardie.

Nessuno si spoglia.

Il collare si accende e le dita mi stringono il collo. Non riesco a toglierlo. È un gesto istintivo ma non aiuta a calmare il dolore.

Sono a terra, mi contraggo e tremo.

Il dolore è il mio unico amico.

Odio questa vita.

Un getto di acqua fredda mi risveglia i sensi.

Grido e mi rendo conto che il freddo è piacevole. Ci vuole un attimo per capire cosa diavolo sta succedendo.

"Spogliatevi!" ordina di nuovo la guardia.

Accanto a me, le ragazze si guardano l'un l'altra e lentamente, metodicamente, ci spogliamo.

Non ci sono case a perdita d'occhio. La terra è piatta. Siamo in una valle da qualche parte.

Il che significa che non siamo a Breckenridge. Almeno, non credo ma non posso esserne sicura.

La pompa dell'acqua batte contro la mia pelle nuda.

Il sole è caldo e feroce. L'acqua è piacevole una volta che mi sono abituata al fatto che ci sono uomini che ci stanno fissando.

Voglio urlargli contro. Gridare che sono tutti un branco di stronzi malati, ma so che se lo faccio il collare mi brucerà il collo e farà male non solo a me ma anche alle altre ragazze.

Quattro di loro sono ancora bambine. Non guardo verso di loro. Non posso.

È crudele.

Nauseante.

Vorrei vomitare, ma non faccio altro che tremare e boccheggiare.

La doccia è finita, se così la si può chiamare.

Le guardie ci riportano dentro. Do un'occhiata al mondo esterno e agli imponenti cancelli di metallo che circondano la proprietà.

Anche se volessi correre e riuscissi a non farmi sparare, gli basterebbe attivare il collare. Non riuscirei mai a scavalcare quel recinto in preda al dolore.

"Muoviti!", grida la guardia che ci ha spruzzato.

Torniamo dentro. Ci danno un asciugamano per asciugarci e pulirci i piedi. Non vogliono che il fango e la sporcizia si propaghino per la "casa".

Ironico.

Ci fanno fare il giro dell'interno dell'edificio al primo piano. È vecchio e puzza di muffa, ma sono grata che non ci stiano rispedendo nella prigione sotterranea.

Qui c'è una carta da parati damascata blu e bianca sulle pareti. Il tappeto è morbido ma consumato.

Mi ricorda una casa di riposo. Consumata. Dimenticata.

Chi vive qui?

"Muoviti!", abbaia una delle guardie. Mi spinge con la canna della sua pistola.

Tremo, il mio cuore galoppa.

La guardia ride e i suoi occhi brillano di eccitazione, mi si rivolta lo stomaco.

Sa chi sono?

È per questo che sono stata rapita? Sono stati i Ricci? Non so che aspetto abbia Dante Ricci, ma sospetto che ci sia lui dietro il mio rapimento e la mia prigionia.

Chi altro potrebbe essere un tale mostro?

Sicuramente, se cercano un riscatto, papà pagherà per la mia libertà. O no?

O è un messaggio per mio padre?

Le ragazze davanti a me rabbrividiscono e si stringono le braccia. L'aria è ancora viziata, ma è stranamente più fresca al primo piano.

Forse è il fatto che siamo tutte bagnate.

Gli asciugamani ci vengono strappati via.

Siamo nude e alla loro mercé.

I ventilatori sul soffitto sono in alto, ronzano. È una bella sensazione sentire l'aria contro la pelle.

"Ragazze!" La voce di Diamond pervade la stanza. "Da questa parte!".

Lei guida la sfilata. La vedo ora, indossa un vestito rosso di paillettes che avvolge ogni centimetro del suo corpo. Ha un fisico da urlo.

Provo quasi invidia.

In questo momento, sono solo gelosa del fatto che lei ha il controllo mentre noi dobbiamo obbedire.

Diamond ci conduce in una piccola stanza. Le finestre sono aperte, ma all'interno sono state saldate delle sbarre di metallo. Non c'è modo di scappare.

La porta si chiude dietro l'ultima ragazza che entra.

Una serratura scatta.

Lo stesso gioco, un altro posto.

Siamo le loro prigioniere.

———

I miei occhi si aprono e la vista è annebbiata. Sono stata drogata. Posso ancora sentire gli effetti dell'iniezione.

Strofino la parte posteriore della spina dorsale dove l'ago mi ha perforato la pelle. Questo è stato dopo che ci hanno vestito, ci hanno fatto i capelli e ci hanno reso delle bambole.

Ma per chi?

Sono vestita con un sottile negligé rosa pallido e mi avvolgo istintivamente le braccia intorno al corpo. I vestiti sono trasparenti e lasciano poco all'immaginazione.

Non indosso nulla sotto e mi siedo.

La stanza è buia, tranne che per una piccola luce in alto.

Sono in mostra.

Ma per chi?

Attraverso lo sguardo annebbiato, vedo un'altra ragazza che viene molestata da un uomo in giacca e cravatta. La costringe a sedersi sulle sue ginocchia e le sue dita scorrono tra i suoi capelli rosso fuoco.

Il mio stomaco si gonfia. Mi alzo in piedi. Non posso più guardare tutto questo e non fare qualcosa.

Appena mi alzo, le gambe mi cedono. Il velluto felpato della cabina in cui sono stata sistemata attutisce la mia caduta. Non è lo stesso posto dove siamo state tenute in prigionia.

Le mie dita sfiorano il collare. È ancora lì.

Come ho fatto a pensare che non ci fosse più?

Rabbrividisco mentre mi alzo di nuovo in piedi, determinata a proteggere le altre ragazze. La verità è che ho bisogno di altrettanta protezione e salvezza. Papà non verrà a salvarmi?

La nebbia nei miei occhi scompare e posso tirarmi su nella stanza di velluto.

Gli uomini stanno entrando. È difficile vederli, ma mi sto adattando all'oscurità. O forse la droga che mi hanno dato sta cominciando a svanire.

Lo vedo prima ancora di rendermi conto che sto cercando di stare in piedi. Voglio richiamare la sua attenzione per chiedergli di aiutarmi, salvarmi e proteggermi. Ma poi mi rendo conto che è come tutti gli altri.

La vergogna mi avvolge e mi brucia fino al cuore. Daniel. Lavora per la famiglia Ricci. È l'unica supposizione che posso fare, ed è per questo che sono qui come prigioniera.

Dal mio posto, osservo il confronto tra Daniel e i suoi uomini. Non riesco a sentire le parole scambiate, ma i toni sembrano accesi. Gli stanno puntando una pistola contro.

Sembra che abbia fatto incazzare alcune persone importanti.

Mi sento meno male ad aver rubato il suo pick-up ora che so che lavora per un mostro: Dante Ricci.

Grida e spintoni vanno avanti.

Daniel ha davvero fatto incazzare qualcuno. Sospiro, cercando di guardare la discussione accesa, quando Rafael si dirige verso di me.

È lui la mia grazia salvifica?

"Rafael?" Lavora per papà. Deve essere qui per salvarmi.

"Zitta", comanda Rafael. "Tuo padre sarà presto qui, ed è già deluso da te. Non deluderlo ulteriormente".

Cosa?

Gira sui tacchi e afferra un drink da una cameriera che sta arrivando portando degli shot. Vorrei poterne bere uno per attutire il dolore e tornare allo stato confusionario in cui mi trovavo prima.

Le donne che si aggirano portando vassoi di liquore indossano abiti corti di paillettes blu scuro. Indossano tutte lo stesso abito. Sono abbastanza sicura che se si chinassero, potrei dare un'occhiata ai loro beni.

Alla vista di papà i miei occhi si illuminano e lo saluto, sperando che sia venuto a distruggere la famiglia Ricci una volta per tutte.

"Papà!" Grido dall'altra parte della stanza.

È vestito in modo elegante e un sigaro gli esce dalle labbra. Lo tira fuori abbastanza a lungo per tirare un pugno a Daniel.

Si scambiano parole accese prima che papà si precipiti dall'altra parte della stanza e attraversi un corridoio lontano. Non riesco più a vederlo.

Non ha sentito il mio grido?

Mi vengono le lacrime agli occhi. Il trucco sarà davvero sbavato ora, e mi aggrappo al collare, cercando di tirare il cuoio e il metallo fuori dalla mia carne. Respiro a fatica, certa di stare soffocando e che il collare mi stia strangolando.

Dei passi pesanti si avvicinano. "Occupati di lei", dice un uomo in giacca e cravatta agli altri uomini.

Stanno parlando di me?

Daniel tira fuori una banconota da cento dollari. "Dammi un'ora con lei", dice.

Si era posizionato dietro gli altri uomini che si sono avvicinati. All'inizio non l'avevo visto.

Forse non volevo vederlo.

Rafael gli strappa i soldi dalle dita. "Quattrocento per venti minuti". Tende la mano, aspettandosi i fondi aggiuntivi.

Daniel recupera il suo portafoglio dalla tasca e tira fuori una mazzetta di banconote da cento. "Un'ora", ribadisce.

Perché Rafael sta raccogliendo i soldi? Sta lavorando per i Ricci?

Da dove ha preso Daniel quei soldi? Quanti altri ne ha nel portafoglio?

Forse avrei dovuto strappargli il portafoglio invece delle chiavi della macchina. Era troppo tardi ora per ripensare al passato.

Gli altri uomini si disperdono e Daniel rimane in piedi ad incombere sopra di me. Sembra incazzato. Ha anche un livido sulla guancia. I ragazzi lo hanno maltrattato.

Ancora non capisco cosa sta succedendo. Perché papà e Rafael erano qui?

Voglio scappare. L'intensità del suo sguardo, i suoi occhi stretti e il modo in cui ha tirato i soldi a Rafael mi rendono nervoso.

Cosa intende fare con me?

Mi rialzo, le gambe ancora traballanti, ma comincio a stare in piedi. Forse riesco a scansarlo e a correre verso l'uscita.

Se solo sapessi dove si trova l'uscita e non avessi addosso quello stupido collare.

"Siediti" La sua voce dura provoca un brivido che mi attraversa il corpo.

Sembra arrabbiato con me. Probabilmente è perché ho rubato il suo pick-up. Ma chi diavolo è? Come ha fatto ad avere così tanti soldi?

I galoppini guadagnano bene ma non possono comunque buttare soldi in giro come Daniel ha fatto per comprare il mio tempo.

Rabbrividisco. Cosa mi avrebbe fatto per aver rubato da lui?

Se è con la famiglia Ricci, allora sono in guai seri.

"Daniel", sussurro.

Come posso non essere sorpresa di vederlo? Cerco di ammorbidire la voce e di farmi sembrare meno furba di quello che sono.

"È Dante", dice, correggendomi. "Dante Ricci".

CAPITOLO NOVE

DANTE

Era stato un inferno cercare di entrare alla festa. I DeLuca non volevano che partecipassi alla soirée, e anche se non avevo un invito, speravo che avrebbero accettato un po' di soldi.

Mi sbagliavo. La guardia all'ingresso mi aveva riconosciuto nel momento in cui avevo messo piede all'interno.

Puntandomi una pistola dietro alla testa ha avvertito Rafael della mia presenza, e lui ha fatto uscire Gino per avvisarmi di andarmene.

Il problema è che non prendo molto bene gli ordini.

Soprattutto da un delinquente come Gino.

Dopo esserci presi a parole e aver ricevuto qualche colpo in faccia e sul petto, i ragazzi hanno deciso di lasciarmi restare per potermi spillare dei soldi.

Uno sguardo a lei in quel completo rosa trasparente e il mio cazzo si indurisce.

Cazzo.

Non voglio pensarci. Non in questo modo, e certamente non ora.

Ha un'aria preoccupata che io possa tradirla. Non ha idea di cosa sono capace e di cosa ho fatto.

Intorno al suo collo c'è un collare. È di pelle ai bordi e di metallo al centro. Ho visto qualcosa di simile usato per controllare i prigionieri e immagino che sia uno strumento di tortura di qualche tipo.

Mi sento quasi male per lei.

Quasi.

Mi ha derubato.

Nessuno ruba a Don Ricci. Mai.

Mi ha fatto fare la figura dello stupido davanti al mio secondo.

Sa che la polizia si è presentata alla mia porta?

Ha portato i fottuti poliziotti a casa mia!

"Siediti", le ordino.

Non c'è nessun posto dove possa scappare o fuggire.
Decine di uomini di DeLuca controllano la struttura.
I miei uomini sono in attesa fuori dal perimetro, nel
caso non ne uscissi vivo. Hanno i loro ordini.

Rabbrividisce come se avesse freddo. È impossibile
evitare che il mio sguardo scorra sul suo corpo. I suoi
capezzoli rosei sono duri e raggrinziti attraverso il
tessuto sottile e fragile.

Non voglio fissare. Non ho alcun desiderio di essere
come gli uomini qui, che vogliono un assaggio di
carne per qualche dollaro.

Non ho mai avuto bisogno di pagare per fare sesso. E
queste donne non sono prostitute; ciò
implicherebbe che ci sia stato un consenso da parte
loro.

Sono prigioniere.

"Daniel." Il dolce sussurro di Nicole e le sue lunghe
ciglia mi colpiscono mentre si siede di nuovo al
tavolo.

Cerco di non lasciare che la testa mi si annebbi con i ricordi dell'ultima volta che siamo stati in un privè insieme. Il suo corpo si contorceva sopra il mio, stringendosi intorno al mio cazzo duro.

La stanza sembra più calda di diversi gradi. Hanno alzato il riscaldamento in questo posto?

"È Dante", dico. Il mio sguardo non vacilla e non si ferma mai. "Dante Ricci".

Merita di sapere il nome dell'uomo che intende comprarla. Ho pagato per avere venti minuti con lei, ma ho la piena intenzione di portarla a casa con me, qualunque sia il costo.

I suoi occhi sono spalancati, come una cerbiatta, e ne approfitto per sederle accanto. Appoggio una mano sulla sua coscia, lei si blocca e trattiene il respiro.

Non voglio essere il mostro che sono. Lei sa il mio nome. È terrorizzata da me e per una buona ragione, ma si rende conto di quanto sia orribile suo padre e di cosa era disposto a fare per darle una lezione?

Ora non è il momento. Ci sono probabilmente telecamere e sorveglianza audio.

Devo procedere con cautela. Salvarla potrebbe essere una missione suicida e non ho intenzione di finire morto.

"Perché lo stai facendo?", balbetta.

Mi acciglio, confuso dalla sua domanda. Con un sospiro pesante, mi rendo conto che probabilmente non ha idea che sono qui per salvarla.

Non sono io l'animale che tiene le donne chiuse in gabbia.

Le afferro il mento e la costringo a fissare il mio sguardo di ghiaccio.

Non siamo soli. Gli uomini di DeLuca potrebbero strapparmela se solo volessero punirmi.

Dire che sono sorpreso che suo padre, il capo della famiglia DeLuca, il Don, non mi abbia impedito di mettere le mani su sua figlia è un pensiero ancora più inquietante.

Che tipo di uomo non proteggerebbe sua figlia?

La sua carne e il suo sangue?

"Ti possiedo, gattina", dico.

Deglutisce e stringe le labbra, arrotolandole verso l'interno.

Non ha niente da dirmi? Anche dopo aver rubato il mio pick-up?

Il suo sguardo si muove da me. Probabilmente sta cercando aiuto, ma nessuno verrà a salvarla.

Sono tutto quello che ha. Sono il suo cavaliere, ma non sono qui per cavalcare insieme verso il tramonto. La porterò con me, la porterò nel mio castello e la proteggerò da suo padre, anche se questo significa rinchiuderla come Raperonzolo.

La sua voce esce come uno squittio, morbida e insicura di se stessa. "Non sono una che si fa possedere", dice.

"Sei mia", e pianto le mie labbra con forza sulle sue, ricordandole quella notte insieme quando eravamo due estranei e non sapevamo la verità.

Beh, era lei che non lo sapeva. L'ho colta come il fiore delicato che è, e ora la schiaccerò.

La figlia del mio nemico è mia.

CAPITOLO DIECI

NICOLE

Non dovrei voler essere sua, di Dante Ricci, ma il modo in cui prende il comando mi riporta a quella notte insieme, noi due al bar.

Sapeva chi ero quella sera che ci siamo incontrati?

Trasalisco quando lui mi afferra, prende il comando e mi ricorda che non sono niente senza di lui.

Solo un giocattolo.

Questi uomini mi considerano solo questo, un oggetto sessuale.

Mi disgusta.

Affonda le sue labbra sulle mie e io lo mordo. Il bastardo se l'è cercata.

Sento il sapore metallico del sangue. Gli ho perforato il labbro. Niente di chè.

Dante si tira indietro dal bacio, porta il pollice a strisciare il labbro e vede il danno che ho fatto.

Mi aspetto che mi schiaffeggi, mi soffochi, forse addirittura mi uccida.

Una scossa di corrente mi colpisce dal collare intorno al collo. Il dolore mi fa cadere dalla sedia. Stringo il collo, la mascella serrata e i denti che digrignano insieme.

"Basta!" Dante grida nella stanza.

Il dolore si attenua, l'elettricità è finita, per ora.

Sbatto le palpebre e mi vengono le lacrime agli occhi. Le altre ragazze hanno sofferto a causa di quello che ho fatto? Ho troppa paura di dare un'occhiata alla stanza e scoprire che la colpa è mia.

Mi tira in grembo.

"Ho pagato bene per te", dice Dante. La sua voce è forte, come se si stesse vantando del fatto che per il momento sono il suo premio.

Cosa sta cercando di dimostrare?

Il suo respiro mi solletica l'orecchio mentre si china e mi sposta i capelli. Rabbrividisco al suo tocco.

Se ne accorge?

Il mio stomaco si gonfia al suo respiro. È caldo e invitante.

"Gattina, guardati intorno", dice, e con la sua mano sulla mia mascella, gira lentamente la mia testa.

Do un'occhiata alla stanza. Le ragazze stanno facendo lap dance o pompini. Due di loro stanno scopando degli uomini, cavalcandoli come stalloni. È tutto all'aperto. Non c'è nemmeno una parvenza di privacy.

Cosa si aspetta che faccia? Mi rifiuto di mettermi in ginocchio per lui o di scoparlo.

Non sapevo chi fosse al bar quando ci siamo incontrati. Ora che so che è un animale, non cederò alle sue richieste.

"No", dico, fissandolo. "Hai avuto la tua scopata al bar. Non lo farò più". Se avessi saputo chi era, non l'avrei toccato.

Era questo il prezzo che ho pagato per quell'atto? Forse perché ho rubato il suo pick-up.

"Lo farai", dice Dante. "Ma non qui. Non stasera". I suoi occhi sono scuri ma brillano di allegria mentre mi schiaccia le labbra e mi tira in grembo.

È colpa sua se sono qui. Ne sono certo. Questo è il suo club.

Lo odio per questo, il rapimento, l'umiliazione, il modo in cui i suoi uomini trattano le altre ragazze e me. Alcune di loro sono poco più che bambine.

"Non ti scoperò mai più", dico, le mie parole grondano di veleno.

Fa un sorriso sornione. "Mai è un tempo lungo, gattina".

Odio il soprannome che mi ha dato.

Mi guarda ma è distratto.

Di tanto in tanto, lui scruta gli uomini anche se le sue mani sono sui miei fianchi, ferme.

Guardo nella direzione in cui continua a concentrare la sua attenzione, ma non vedo nessuno. È buio e ci sono ombre ovunque. Sagome di uomini che si aggirano nella grande stanza scarsamente illuminata.

Sta cercando qualcuno?

"Sei un mostro. Rapire donne e bambini per farli sfilare e venderli per qualche minuto di divertimento. È ripugnante".

Apre la bocca ma la chiude.

"Il gatto ti ha preso la lingua?" L'incredulità lo sovrasta. "Sì, è quello che pensavo".

L'ho lasciato senza parole.

"Potrei rovinare te e tuo padre. Demolire l'intero impero che ha creato", dice Dante.

Cerco di sopprimere un brivido che percorre involontariamente il mio corpo alle sue parole. "Vai avanti e provaci", dico audace e temendo che faccia la sua mossa.

Papà non avrebbe permesso che mi succedesse qualcosa, vero?

Nell'oscurità, ci sono diversi gruppi di occhi che ci osservano. Siamo osservati. È papà o sono gli uomini di Dante?

"Perché io?" Chiedo.

Dante si rifiuta di rispondere alla mia domanda.

Le sue dita scivolano dai miei fianchi all'orlo del vestito e sfiorano il sedere.

Inspiro bruscamente al suo tocco. Questi uomini si aspettano qualcosa.

Dante non è diverso.

Decine di domande si agitano nella mia testa, ma tutto quello che ho guadagnato è il suo silenzio.

Tutto questo è dovuto alla macchina che ho rubato?

Le sue dita mi sfiorano il collo e mi spinge la testa di lato per avere un migliore accesso.

Le punte delle sue dita mi graffiano la gola. È gentile, non è affatto come mi immagino che sia Dante Ricci, il boss della famiglia Ricci. Aspetto che mi soffochi, che mi faccia male, che mi uccida.

C'è qualcosa che non va.

Fisso i suoi occhi neri come due pietre di carbone e mi sento attratta, presa nel cuore, nel corpo e nell'anima.

Cosa c'è in lui?

Le sue labbra scendono dure e ruvide sulla mia bocca. Ha una mano sulla mia mascella e mi posiziona come vuole, tenendomi, reclamandomi.

Questa volta non lo mordo.

Mi arrendo all'oscurità e alla tentazione.

Le mie labbra si aprono e gli concedo l'accesso.

Non dovrei volerlo. Dovrei odiarlo.

Lo odio.

Lo disprezzo, in effetti, ma è Dante Ricci e ottiene quello che vuole.

Quello che vuole sono io.

Le sue dita tracciano una linea ruvida sul mio fianco, e io mi sollevo quanto basta per permettergli di toccarmi, se ne ha il coraggio.

Voglio questo. Per la prima volta da giorni mi sento viva e c'è una scintilla di speranza. Sono combattuta dal fatto che sia Dante a portarmi quella luce nell'oscurità.

L'odio mi brucia dentro e la sua mano vaga a stuzzicarmi lungo le cosce e su verso la mia fessura.

Non mi dà quello che voglio.

Perché dovrebbe?

Dante ha pagato per il suo piacere, non per il mio.

Le sue mani spingono rudemente i miei fianchi di nuovo giù sul suo grembo, ma non mi scopa. È energico e non è minimamente gentile. Il respiro di Dante mi accarezza il collo mentre mi sussurra all'orecchio: "Non osare venire, gattina".

CAPITOLO UNDICI

DANTE

Il mio tempo è finito. Un'ora è passata e mi viene ricordato che lei non è mia per un altro minuto.

"La compro subito, per tutta la notte", dico.

C'è uno sguardo di disperazione dietro i suoi occhi ambrati. Non può pregarmi di restare, ma se potesse, sarebbe in ginocchio in questo momento.

L'ho presa in giro, ed è tutto ciò che le ho chiesto di fare per me.

Qualsiasi altro uomo l'avrebbe costretta a fargli un pompino e le avrebbe spinto il cazzo duro in gola fino a farla soffocare.

Posso vedere la paura dietro quegli occhi di miele, e la sua mano è stretta sulla mia coscia. Le sue unghie sono affilate. Mi sorprende che nessuno degli uomini si sia tagliato con la sua lotta.

Nicole sembra una combattente, e qualcosa mi dice che il fuoco non si è ancora spento dentro di lei.

Le accarezzo la coscia e la guido dal mio grembo al privè. È di velluto morbido e probabilmente le accarezza il sedere nudo.

Disperatamente, voglio sentire la sua fessura, scoprire il desiderio che si accumula tra le sue cosce. È, dopo tutto, solo per me.

Gli uomini di questa soirée sono creature vili e disgustose.

Mi sento sporco solo a stare qui.

Ma non posso lasciare che la mia attenzione cambi.

Devo proteggere Nicole. Se non per lei, per la famiglia Ricci. Lei è la mia merce di scambio.

Le faccio cenno di restare calma, voglio parlare con gli uomini di DeLuca.

"Nessuno la tocchi", esigo.

Un ragazzone, più largo che alto, indica ai suoi capi di avvicinarsi. Rafael arriva.

"Ancora tu?", dice. "E adesso che c'è?" Non fa nemmeno finta di sembrare felice di vedermi.

Perché dovrebbe? Siamo nemici.

"Quanto per comprarla? "Io dico.

Indico Nicole. Siamo abbastanza lontani e non può sentire la nostra conversazione. È così che deve essere.

Faccio finta di non sapere che è la figlia di Don DeLuca, e nemmeno che so il suo nome. È meglio che pensino che non mi importi.

Solo che non posso ingannarli quando pretendo che nessun altro possa mettere i suoi artigli su di lei.

Rafael sbuffa indignazione. "Sei pazzo. Lei non è in vendita. A meno che tu non abbia intenzione di sposarla, gli acquirenti possono scegliere la loro sposa ad un prezzo salato. Ci piace pensare che sia un'organizzazione di incontri. Aiutiamo a facilitare l'organizzazione dei matrimoni". Fa un sorriso sdentato. "Anche il fisco ha meno problemi. Siamo un servizio di incontri".

Il mio stomaco si riempie di disgusto per Rafael e per gli uomini che gestiscono questo posto.

Gino DeLuca stava davvero pensando di vendere sua figlia a un uomo per il matrimonio?

Cazzo.

Non importa il costo. Non permetterò a nessun altro di portarla a casa.

Lei è mia.

"Centomila basteranno?" Anche se non ho tutti quei soldi cash, posso facilmente trasferire i fondi in criptovaluta. Sono sicuro che non faranno obiezioni.

"Fammi parlare con il capo".

"Fallo". Incrocio le braccia sul petto e aspetto il ritorno di Rafael.

Gino esce dall'ombra.

Da quanto tempo era nascosto nell'oscurità della stanza? Non l'avevo visto. Mi aveva osservato con sua figlia?

Le sue narici si allargano mentre si avvicina. È qualche centimetro più basso ma più robusto.

Gino è anche abbastanza vecchio per essere mio padre. Ha la faccia butterata, gli occhi di un marrone intenso e i capelli folti ma ovviamente tinti. Le sue sopracciglia sono sale e pepe, mentre i suoi capelli sono scuri come la stanza. Si confonde con le ombre.

Mi fa cenno di avvicinarmi e abbassa la voce.

Questa conversazione è solo tra noi due. I suoi uomini non possono sentirci e nemmeno Nicole.

"Sai chi è?" Chiede Gino. Gira la testa per strizzare gli occhi in direzione di sua figlia. "Lei è il mio sangue".

"Ho offerto al tuo uomo centomila. Perché portarla qui se non hai intenzione di venderla?". Chiedo.

La sua mascella è stretta e storta mentre digrigna i denti.

Ho detto qualcosa per farlo arrabbiare?

So perché è qui. È per darle una lezione. È incazzato. Questo è il suo modo di controllarla.

È malato e incasinato.

Sarò anche un mostro, ma non sono un animale. Non come lui.

Gino si schiarisce la gola. Non dà nemmeno un'occhiata a sua figlia. "Per il doppio puoi averla, ma devi sapere che è promessa sposa. Il suo futuro marito verrà a cercarla. L'unico modo per rompere l'alleanza è che tu intenda sposarla".

Ingoio il groppo in gola.

Matrimonio?

Gino mi sta prendendo per il culo.

"Vuoi che sposi tua figlia?"

Ci deve essere una fregatura.

Gino sta cercando di ottenere informazioni sulla mia famiglia e sui miei uomini? Userebbe Nicole per raccogliere informazioni?

Non ho intenzione di sposarmi, mai. Le relazioni sono una distrazione e una debolezza.

Il sesso non implica alcun vincolo o complicazione, niente che possa distogliermi dalle mie responsabilità verso la famiglia e gli affari.

E anche se avevo voluto rovinare Nicole e distruggere Gino, sposarla mi sembrava una questione molto più complicata.

"Consideralo un segno della mia gratitudine per il fatto che tu rimanga fuori da questo affare. E che si sappia che non voglio mai più vedere te o i tuoi uomini alle mie feste", ringhia Gino.

I conti ancora non tornano. Non posso credere che sia davvero una questione di soldi, non con sua figlia.

"Un'altra cosa", dice Gino. Mi fa cenno di avvicinarmi.

Sono titubante, ma non credo che mi ucciderà ora, soprattutto quando ha avuto la sua opportunità prima, quando mi sono presentato all'evento.

"Mia figlia non dovrà mai sapere che c'ero io dietro il suo rapimento e questo club. Se glielo dici, vi ucciderò entrambi con le mie mani. Ora, abbiamo un accordo?"

Posso vivere con l'idea che penserà che ci sono io dietro il suo rapimento e che sono io il mostro. Almeno sarà al sicuro. Stasera salverò una ragazza.

CAPITOLO DODICI

NICOLE

Dante mi scorta fuori dal locale e fino alla sua macchina.

Con una forte presa sul mio avambraccio, apre la porta e mi spinge dentro.

Inciampo nell'auto sportiva. Ha un odore nuovo e sembra pulita e brillante dall'esterno.

L'ha comprato oggi perché gli ho rubato il pick-up? O questo veicolo è rimasto intatto perché è un ricco bastardo con troppi soldi a suo nome?

Onestamente, sono terrorizzata da quell'uomo. Non voglio andare con lui, ma sembra che non ci sia mai una scelta. Almeno non per me.

Dante si accovaccia e si appoggia alla macchina. Afferra la cintura di sicurezza e la fa passare sul mio petto, fissandola.

"Non voglio che succeda qualcosa al mio prezioso carico", dice.

"Non sono un pezzo di bagaglio", scatto.

Si tira indietro e chiude la porta dal lato del passeggero.

Dante si affretta a fare il giro e ad entrare. C'è spazio solo per noi due nella macchina. Deve aver viaggiato da solo.

"I tuoi uomini non sentiranno la tua mancanza?"

Mi viene incontro il silenzio.

Lancio un'occhiata all'edificio di mattoni con dozzine di veicoli parcheggiati davanti. Le mie dita mi sfiorano il collo, ed esalo un sospiro pesante e giubilante. Il collare non c'è più.

Dante ha rimosso lo spesso collare di cuoio dal mio collo.

Finalmente posso respirare.

Ma non sono libera.

Almeno non ancora.

Schiaccia l'acceleratore e il veicolo scatta in avanti, le gomme girano e sollevano polvere e sporcizia. Non devo chiedere dove mi sta portando.

Ho già il sospetto che stiamo andando verso la sua casa, il suo covo privato, non so dove sia esattamente. Da qualche parte in città, sospetto.

Tiene le mani a posto durante il viaggio.

Ogni tanto, sento il suo sguardo severo che mi scruta. Quante altre torture dovrò sopportare perché ho rubato il suo pick-up?

Il veicolo si agita nelle curve mentre viaggiamo su per la montagna. C'è dell'erba alla mia destra. Se riesco a rotolare fuori dall'auto, forse posso scappare, purché non precipiti nel fosso.

Deve essere un destino migliore.

Tiro la maniglia della porta e si apre.

Dante allunga un braccio per afferrarmi e trattenermi mentre lui schiaccia i freni e alza il freno a mano.

Ci fermiamo bruscamente.

Entrambi raggiungiamo la fibbia della cintura.

Dante cerca di fermarmi, ma le mie mani sono piccole, e con la porta già aperta, ho un vantaggio.

Slaccio la fibbia e mi tuffo fuori dall'auto aperta verso la foresta.

Solo pochi secondi dopo lo sento rincorrermi.

"Nicole!" grida, e il suono delle sue scarpe scricchiola sulla ghiaia.

Scivolo giù nel fosso, facendo del mio meglio per mantenere l'appoggio, ma è più ripido di quanto previsto inizialmente.

Perdo l'appoggio e inciampo, rotolando, ruzzolando e cadendo per diversi metri fino a sbattere contro qualcosa di ruvido e tagliente.

Mi pulsa la testa, mi fa male lo stomaco e vedo doppio.

Mi rialzo, ma Dante è su di me prima che possa alzarmi.

"Non andrai da nessuna parte senza di me", dice e mi prende in braccio.

Voglio lottare con lui e urlare.

Le mie suppliche sono flebili, e praticamente inesistenti.

Può sentirmi implorare aiuto?

Borbotto incoerentemente mentre mi porta alla sua macchina e mi fa sedere sul sedile del passeggero.

Dante emette un pesante sospiro. "Non puoi renderlo facile, vero?", chiede.

Non so di cosa stia parlando.

Apre il vano portaoggetti e mi tira le braccia dietro la schiena. Sento il metallo gelido delle manette scavare nella mia carne.

"Le indosserai fino a quando non potrò fidarmi di te", dice Dante.

Sbatte la porta dell'auto per chiuderla.

Non c'è modo di scappare. Sono alla sua mercé.

CAPITOLO TREDICI

DANTE

La mocciosa non riusciva a rilassarsi e a mantenere la calma durante il viaggio in macchina verso il complesso. Non mi aspettavo che fosse entusiasta di venire con me, ma per scappare ci volevano le palle.

Non mi fido a dirle il mio piano. Tutto quello che volevo era comprare la sua libertà, tenerla lontana dal suo padre psicotico e poi portarla alla stazione degli autobus più vicina.

Indossava ancora quel negligé rosa trasparente. Gino non aveva nemmeno dato alla ragazza una vestaglia per cambiarsi.

Nicole aveva bisogno di vestiti. Possiamo fermarci a casa mia, trovarle qualcosa di adatto da indossare e poi posso farla accompagnare fuori città da uno dei miei uomini.

Questo era stato il mio piano fino a quando non ha aperto la portiera dell'auto ed è fuggita a piedi.

Forse non avrei dovuto inseguirla. Ma cosa dovevo fare, lasciarla tornare a casa?

Ci farà uccidere entrambi.

Devo riportarla a casa, pulire e fasciare le sue ferite. Speriamo che non abbia una commozione cerebrale.

"Resta sveglia", ordino.

Le sue palpebre si aprono e lei geme. Non riesco a capire se emette dei suoni perché si sente male o se è il risultato della caduta dal fianco della montagna.

Dubito che mi direbbe la verità se glielo chiedessi.

E quelle manette sono una rogna da portare. Mi sento quasi male, ma non posso rischiare che tenti di scappare di nuovo.

Ogni pochi secondi, la guardo con la coda dell'occhio, e faccio il resto della strada su per il pendio della montagna fino a casa mia.

È isolata, fuori dai sentieri battuti.

È meno formale e appariscente della villa del mio predecessore.

Non ho bisogno di attirare l'attenzione su di me o sulla mia famiglia, specialmente da parte delle autorità. Hanno tenuto un occhio vigile e aspettano che facciamo un passo falso.

Non sono un idiota. Ho dei nemici che farebbero di tutto per mettere fuori gioco la nostra famiglia.

Portare Nicole a casa mia è un rischio. Dovrei lasciarla alla stazione degli autobus con un biglietto di sola andata per la costa orientale, e lo farò, ma è ferita e stanca.

Ho degli uomini che possono prendersi cura di lei, un medico che può assicurarsi della sua salute prima di mandarla via.

Domani non dovrò più vederla.

È solo una notte con lei a casa mia. Quanti problemi può causare una sola ragazza?

CAPITOLO QUATTORDICI

NICOLE

"Puoi per favore togliere le manette? Giuro che non cercherò più di scappare", dico.

Non mi risponde.

Ci fermiamo davanti alla casa di Dante.

È bella dall'esterno, vecchia e grande. Mi sorprende che sia una baita di legno, ma è enorme. Si estende facilmente per due proprietà in una tipica zona residenziale.

Tuttavia, non vive in una città o in una periferia.

Siamo nella natura selvaggia. Dante probabilmente possiede centinaia, se non migliaia, di acri.

Le finestre sono scure ma fatte di vetro che va dal pavimento al soffitto lungo l'entrata che dà sulla strada.

È sereno e tranquillo e offre un falso senso di sicurezza.

Non c'è nulla di pacifico o calmo in Dante.

Mi ha rapito, mi ha comprato e ora mi ha ammanettato mentre mi trascina dentro casa sua.

Ha intenzione di farmi sfilare davanti al suo staff?

Dante mi conduce fuori dalla macchina, la sua mano intorno al mio braccio mentre mi guida su per le scale e intorno al portico avvolgente fino all'ingresso.

"Cosa c'è di sotto?" Chiedo mentre sblocca la porta.

Dante emette un sospiro e accende la luce. Mi tira dentro la casa e mi fa girare mentre disarma e poi resetta l'allarme, senza farmi vedere il codice.

Lo stesso uomo con cui ho visto Dante al bar quella sera si avvicina a noi. Ha un naso storto, cosa che non avevo notato prima da lontano. Sorride calorosamente a noi due.

"Capo".

"Cosa c'è, Moreno?" Chiede Dante, con il suo tono secco. Sembra proprio come mi sento io: stanca, esausta e pronta a dormire per il prossimo secolo.

Dante mi spinge verso Moreno. "Portala di sopra, mostrale la stanza degli ospiti. Chiamerò il dottore per vedere se posso farlo venire stasera".

"Stasera?" Chiede Moreno, guardando l'orologio sul muro.

"Sì. Ha avuto una brutta caduta e voglio assicurarmi che stia bene", dice. "Chiamerò dall'ufficio. Assicurati che abbia tutto quello che le serve per la serata".

Ho ancora le mani legate dietro la schiena. È scomodo, a dir poco, e dopo aver inciampato sul fianco della montagna, ho una spalla un po' dolorante. Ho qualche bernoccolo e qualche livido, ma la vista è migliore di prima.

"Certo, capo", dice Moreno.

Dante si allontana lungo il corridoio e io vengo sbattuta su per un'altra scala.

"Da questa parte", dice Moreno. Mi prende il braccio per guidarmi su per i gradini e lungo il corridoio. A sinistra c'è un balcone che si affaccia sull'ingresso. A destra, una porta dopo l'altra è chiusa.

Dopo il balcone, ci sono altre quattro porte sulla sinistra. Moreno apre la seconda a sinistra e mi conduce dentro.

Una volta entrati recupera un mazzo di chiavi e mi fa segno di girarmi.

Tiro un sospiro di sollievo quando mi slaccia le manette. Anche se il collare era stato molto peggio, pure le manette non erano esattamente piacevoli.

"Grazie", dico e tiro le braccia davanti a me. Strofino i segni rossi e faccio una smorfia.

Moreno si acciglia ma non dice nulla. Attraversa la stanza e apre una porta. "Il bagno è qui. Ci sono asciugamani puliti appesi al gancio contro il muro, se vuoi pulirti prima di dormire".

Ho voglia di fare una doccia, per liberarmi dalla sporcizia che ricopre il mio corpo, ma ho paura che Dante decida di accompagnarmi a letto.

Se sono disgustosa, non vorrà venire con me. Giusto?

"Hai fame? Vuoi che ti faccia preparare qualcosa da mangiare dal personale?".

Scuoto la testa e faccio una smorfia. Il movimento mi scuote lo stomaco. Mi affretto verso il bagno, apro il coperchio del water ed espello il contenuto all'interno. Non c'è molto dopotutto, solo pane e acqua.

Moreno esce dalla stanza e sento la serratura scattare sulla porta.

Tiro lo sciacquone, mi sciacquo la bocca con l'acqua e poi esco dal bagno. Provo la maniglia della porta della camera da letto, ma non si muove.

Mi ha chiuso dentro.

Meraviglioso.

Da una gabbia all'altra. È tutto uguale, solo una prigione diversa.

————

Sono stanca e sporca. Non mi preoccupo di fare la doccia. Mi infilo sotto le coperte e spengo la luce.

Proprio quando penso che potrei addormentarmi, sento un bussare forte e deciso alla porta e la serratura scatta.

Dante aziona l'interruttore a muro, e la luce del ventilatore in alto illumina la camera da letto.

Socchiudo gli occhi e mi copro mentre mi alzo.

"Cos'è che non poteva aspettare fino al mattino?" Sono scontrosa quando sono stanca, ed erano giorni che non dormivo tutta la notte, figuriamoci in un letto caldo e accogliente.

Almeno a questa prigione potrei abituarmi. Non che lo voglia, ma è comoda.

È una forma di tortura o un metodo di interrogatorio? Mi sta intenzionalmente privando del sonno?

"Il dottor Blake Reiss è qui per esaminarti dopo la brutta caduta che hai fatto questa sera", dice Dante.

"Aspetterò fuori", dice e si dirige verso la porta.

"Aspetta!" Non so perché gli impedisco di andarsene. Non mi fido di Dante, ma mi fido ancora meno di questo medico.

La sua fronte si corruga mentre fa un passo avanti nella stanza e si avvicina al letto.

Inspiro. Il respiro si blocca solo leggermente, e lui viene a sedersi sul bordo del materasso accanto a me. "Rimarrò qui tutto il tempo, se questo ti farà stare più tranquilla, ma posso assicurarti che il dottor Reiss è un medico onesto. Si prenderà cura di te, Nicole".

È la prima volta che dice il mio nome stasera. Al club, ero una gattina per lui.

Il respiro si blocca in gola con un leggero singhiozzo. Sono emotiva, distrutta e decisamente troppo stanca. Le lacrime mi offuscano la vista. "Preferisco Nikki", dico, correggendolo.

"Certo", dice Dante. Poggia delicatamente una mano sulla mia gamba, che è sepolta sotto la coperta.

Il dottore si avvicina e tira fuori una torcia, mi controlla le pupille, la vista e poi i riflessi. Non riesco a capire se è preoccupato o se è solo una tabula rasa. Non mi dice se va tutto bene o se sto morendo.

"E hai vomitato?" Chiede il dottor Reiss. "Quando hai avuto l'ultimo ciclo?".

Lancio un'occhiata a Dante. Il suo collega Moreno deve avergli detto che avevo vomitato prima.

"Non lo so. Non sono mai stata molto regolare".

Il dottore apre la sua borsa medica e recupera un test di gravidanza. "Dovresti andare a farlo in bagno".

Fisso la scatola.

"Ho battuto la testa", dico.

Non è possibile che io sia incinta. È possibile?

Io e Dante abbiamo fatto sesso ma non mi sento incinta. Non ho altri sintomi, per quanto posso dire.

"Sì, ma stavi anche vomitando. È solo una misura precauzionale. Sono sicuro che è solo una lieve commozione cerebrale", dice il dottor Reiss. Si alza in piedi. "Vi lascio un minuto. Sarò appena fuori dalla porta".

Continuo a fissare la scatola del test.

No.

Non lo farò. Se c'è anche la minima possibilità che io sia incinta del figlio di Dante, non so cosa farà o come reagirà.

Falsifico il test. Lo immergerò nell'acqua invece che nell'urina.

Non credo di essere incinta, ma di sicuro non posso correre il rischio che risulti positivo.

Il dottor Reiss chiude la porta mentre lascia la camera da letto.

Con un sospiro pesante, mi alzo dal materasso e mi incammino verso il bagno, con la scatola del test in mano. Cerco di non farne un dramma.

"Lascia la porta del bagno aperta", dice Dante.

"Cosa? Perché?" Gli lancio un'occhiata da sopra la spalla.

La fronte di Dante si irrigidisce e si stacca dal materasso, seguendomi in bagno. "Non so se posso fidarmi di te, ho bisogno di vederti fare il test di persona".

Sbuffo sottovoce. "Sei preoccupato che non sappia fare un test di gravidanza? Non ci vuole una scienza".

"Ho paura che tu mi menta".

"Te lo mostro appena lo faccio", dico.

Dante scuote la testa. "Sì, e probabilmente lo metterai nell'acqua o lo farai cadere nella tazza del water per diluirlo. Non mi fido di te".

CAPITOLO QUINDICI

DANTE

Si gira sui tacchi e mi spinge la scatola del test contro il petto.

"E tu pensi che io mi fidi di te?" Nikki mi schernisce. "Giuro su Dio che se sono incinta, abortisco".

"Chiedo scusa?" La mia voce tuona alla sua proposta. "Col cazzo!"

Posso anche non aver voluto un figlio, ma non c'è nessuna possibilità all'inferno che io lasci che lei minacci di interrompere la gravidanza.

Afferrandole i polsi la faccio rientrare nel bagno, intrappolandola.

La stupida scatola con il test cade a terra. La spingo con il piede, portandola con me in bagno.

"Lasciami!" Nikki grida, lottando contro di me.

Sono stanco delle sue buffonate. È chiaro che è abituata a ottenere ciò che vuole. Forse avrei dovuto aspettarmelo, considerando chi è suo padre. "Controllati!"

Sbatto la porta del bagno dietro di noi e le pareti vibrano.

Si contorce contro la mia presa fino a quando finalmente la lascio andare.

Con un sospiro, mi chino e le porgo la scatola, lasciandole sbrogliare il contenuto e fare il test. Non sono sicuro che abbia bisogno delle istruzioni che accompagnano il test o no.

"Puoi almeno girarti così posso fare pipì in privato?" Chiede Nikki.

"No." Piego le braccia sul petto e mi appoggio alla porta chiusa.

Non è che i suoi vestiti non siano già rivelatori.

C'erano magliette e felpe nei cassetti della camera da letto. Non aveva fatto la doccia, né tantomeno si era cambiata prima di infilarsi sotto le coperte. Con la sua sottile vestaglia rosa, posso vedere tutto.

Nikki prende un bicchiere usa e getta accanto al lavandino e si siede sul water. Fa il test, la guardo per assicurarmi che non mi stia ingannando sulla verità.

Tira lo sciacquone e si lava le mani. La tazza con il test si trova sul bancone del bagno. Nikki serra le labbra e si siede sul bordo della vasca da bagno, con le mani in grembo, scuotendo la testa.

La sua carnagione è diventata orribile. È nervosa per i risultati o non si sente ancora bene da prima?

Sono stato stupido a non usare il preservativo. Sono sempre stato attento proprio per questo motivo. Non sono pronto a diventare padre.

Guardo l'orologio, tenendo d'occhio il tempo, in attesa di controllare il test.

Lo scenario peggiore in assoluto mi fissa: due linee rosa.

Incinta.

CAPITOLO SEDICI

NICOLE

No. No. No.

Quel dannato test deve essere sbagliato.

Sbatto le palpebre una, due volte e fisso le due linee sul test di gravidanza che non sembrano svanire.

Prima la mia vista era offuscata. C'era anche una minima possibilità che fossi l'unica a vedere che ero incinta?

Uno sguardo a Dante e faccio un passo indietro.

Non mi lascerà mai andare. Non mentre porto in grembo suo figlio.

"Allora, è deciso", dice Dante. Si schiarisce la gola, e i suoi occhi si sgranano prima che si giri e si precipiti fuori dal bagno.

Che cosa è stabilito? Piego le braccia protettivamente contro il mio petto.

Mi fa male la testa e lo stomaco fa le capriole per le notizie.

Posso sentire la sua voce ovattata appena fuori dalla porta aperta del bagno. La rabbia risuona nel suo tono. Anche se voglio ignorarlo, e lo faccio disperatamente, la sua voce è forte e rimbombante.

È nel corridoio a parlare con il medico.

Getto il test di gravidanza nella spazzatura e mi lavo le mani. Uno sguardo al mio riflesso nello specchio e non riconosco la ragazza che mi fissa.

Ho sbattuto la porta del bagno. Naturalmente, non c'è serratura. Non c'è niente da spingere davanti alla porta per tenerla sicura, tranne lo stupido cestino che contiene il test di gravidanza e la scatola. Non c'è nient'altro nel bidone verde menta.

Mi precipito verso la doccia e giro le manopole, sparando un getto d'acqua calda. L'acqua si riversa mentre mi spoglio e getto i vestiti sul pavimento.

La tenda è in tessuto, con accenni di blu, verde e oro in linee orizzontali. La tiro dietro di me mentre entro sotto il getto caldo.

L'acqua è una bella sensazione, a differenza dell'ultima volta che mi avevano fatto lavare con un tubo. Chiudo gli occhi e inclino la testa all'indietro. Lo scroscio della doccia copre Dante e il dottore.

Perfetto.

È proprio quello di cui ho bisogno.

Mi insapono i capelli con lo shampoo. La fragranza è dolce ed energizzante con note di menta e lavanda. Risciacquo la schiuma e sono sollevata nel trovare una bottiglia di balsamo.

Queste non sono fragranze da uomo e non hanno affatto l'odore di Dante. Di solito porta a casa delle donne dal bar o dalla strada?

Un brivido mi attraversa.

Quante donne ha posseduto?

Mi avvicino alla doccia e alzo il riscaldamento fino in fondo.

So che non è fredda, ma sto tremando e i miei denti battono.

Finisco di lavarmi il più velocemente possibile e chiudo il getto della doccia. Tiro indietro la tenda per prendere un asciugamano e fisso lo sguardo acuto di Dante.

"Vattene!" Indico la porta. "Chi diavolo ti ha detto che potevi entrare qui?".

Dante mi passa un asciugamano dal gancio. È silenzioso.

"Avrei potuto trovarlo da sola".

"Ho pensato di darti una mano".

Tiro forte, togliendo l'asciugamano dalla sua presa e avvolgendolo intorno a me.

"Quando vorrò una mano, la chiederò", scatto. "Perché sei ancora qui?"

L'uomo non ha alcuna comprensione della privacy?

"Dobbiamo parlare", dice Dante. Fa un passo indietro ma rimane sulla porta, le braccia sopra la testa mentre si appoggia alla modanatura.

Mi irrita. Raggiungo la porta del bagno per sbatterla.

Gli occhi di Dante trasaliscono, ma impedisce che la porta si chiuda su di lui.

"Moreno!", grida.

"Cosa? Hai bisogno di invitare tutto il tuo equipaggio qui per vedermi sotto la doccia?"

"Tecnicamente, ti stai vestendo", dice Dante. Il suo contegno è freddo e calmo, raccolto.

Non è minimamente come mi sento io. Mi ha fatto impazzire, mi ha messo incinta e ora questo, invade il mio spazio personale.

"Non mi vesto con te che mi fissi", rispondo secca. Non esiste che Dante abbia un'altra opportunità di vedermi nuda. Non se posso evitarlo.

Mi tengo l'asciugamano color menta stretto intorno al corpo con una mano mentre con l'altra cerco di respingere Dante.

"Fuori!" urlo.

I miei ordini servono a poco.

Dante fa un sorriso di sbieco. Il suo sguardo è pieno di divertimento e una scintilla di qualcosa che non riconosco. È allegria?

Mi impedisce di uscire dal bagno, e anche se volessi vestirmi, tutti i vestiti sono infilati nei cassetti del comò dietro di lui.

È un gioco per lui?

Alla porta della camera da letto bussano in modo deciso.

"Entra", dice Dante.

"Seriamente? Non hai alcun riguardo per gli altri?". Chiedo.

Stringo l'asciugamano. Non che Dante possa vedere qualcosa, ma ora con un altro membro della famiglia Ricci dentro la mia camera da letto, sono ancora più vulnerabile ed esposta.

"Capo", dice Moreno e si schiarisce la gola.

Dante fa un passo indietro dallo stipite della porta che ha bloccato. "Voglio che i perni vengano rimossi e che questa porta venga smontata".

"Cosa?" Rantolo. Deve essere pazzo.

"Mia moglie pensa di potermi dare ordini", dice Dante con una risata cupa. "È ora che impari cosa significa essere sposati con un Don".

Moglie?

Sposati?

"Sei pazzo", dico io. "Non esiste che io sposi un mostro".

CAPITOLO DICIASSETTE

DANTE

Non avevo intenzione di dirle del matrimonio senza farla sedere, e certamente non mentre era bagnata fradicia e stringeva un asciugamano al petto.

L'asciugamano si adattava a malapena al suo corpo carino e sinuoso.

Mi fa arrabbiare e quando mi arrabbio tendo a sfogarmi.

Le cattive abitudini sono difficili da rompere.

Ordino a Moreno di rimuovere i perni e la porta del bagno. Ha intenzione di fare la difficile e sbattermi la porta in faccia? Bene, posso stare al suo gioco.

Nikki ha bisogno di sapere chi ha il controllo.

E non è lei.

"Sei pazzo", mi spara velenosamente. "Non esiste che io sposi un mostro".

Non ha torto, ma io non mi faccio toccare dai suoi insulti o dalle sue prepotenze.

Nikki è una dura. Ha dovuto esserlo, crescendo con un padre come Gino. Se lo fosse di meno, penserei che si stesse trattenendo.

"Credi davvero di avere una scelta?" Faccio un passo verso di lei e sento lo sfrigolio dell'elettricità nell'aria tra noi. Lei si china verso di me.

Si rende conto che con questo piccolo gesto mi dice che mi vuole?

Apre la bocca per replicare, ma la chiude rapidamente. "Avremo un figlio insieme. Non significa che dobbiamo anche essere una coppia". Nikki gesticola tra di noi. "Questo, quello che abbiamo avuto, una stupida notte, è finito. Non succederà mai più".

Lo dice ora, ma cambierà idea.

Lo vedo in quelle profonde gemme ambrate che scintillano ogni volta che posa gli occhi su di me. Sono certo che il suo battito stia pulsando nel collo. Probabilmente non è l'unico posto in cui pulsa.

Guardo il suo corpo. Il maledetto asciugamano è ancora stretto nella sua presa.

Nikki può pensare di aver vinto questo round mentre faccio un passo indietro nella camera da letto.

Il mio cuore corre ogni volta che la guardo. La passione non è amore. Non mi illudo di poter mai amare qualcuno, ma questo non significa che io non sia un uomo alimentato da desideri.

"La sua porta, rimuovila subito", dico e indico la porta del bagno. Non è una domanda. Moreno prende ordini da me.

Moreno fa un brusco cenno di assenso. "Subito, capo", dice e si precipita fuori dalla camera da letto per recuperare un martello e un grosso cacciavite.

Nikki mi sfugge il più velocemente possibile. Le afferro il polso e la blocco contro il muro.

Una mano afferra il suo asciugamano, e l'altra è sopra la sua testa, intrappolandola tra il muro e me.

"Dante, cosa stai facendo?" sussurra, fissandomi.

Le sue labbra si aprono e lei emette un respiro morbido che mi attira più vicino.

Giuro che la sento fare le fusa.

"Ti reclamo, gattina", dico. "Da oggi in poi, fino alla nascita di quel bambino, rimarrai qui sotto la mia protezione".

Nikki si dibatte contro la mia presa, combattendo contro di me.

"Non avrai mai questo bambino, è mio", mi ringhia contro.

"È così?" La fisso. Non ha idea delle cose che ho fatto per salvarla e comprare la sua sicurezza.

Anche se volessi lasciarla andare, ora che è incinta non posso.

Nikki ospita l'erede al trono dei Ricci, se è un maschio. Se è una femmina, sarà comunque sangue del mio sangue. Mi rifiuto di negare il nome Ricci.

"Non puoi tenermi qui contro la mia volontà", dice Nikki.

"È per la tua sicurezza. Inoltre, per quanto mi riguarda, non hai ripagato il tuo debito".

Il colore scompare dal suo viso. I suoi occhi si allargano e brillano. "A questo proposito", dice Nikki. "Posso spiegare".

"Non farlo. Chiunque rubi a un Ricci finisce morto per mano mia o con qualche dito tagliato".

Deglutisce nervosamente, con la mascella serrata. Nikki non si oppone più a me, il che mi dà l'opportunità di portare l'altra mano al muro sopra la sua testa.

"Dante", sussurra, la fronte serrata mentre l'asciugamano cade a terra.

Dovrei fermarmi prima di perdere il controllo. Moreno tornerà da un momento all'altro, non che mi interessi quello che vede.

Le mie labbra cadono sul collo di Nikki, e lei emette una morbida fusa dal fondo della gola.

Il suono diventa più forte mentre i miei baci la eccitano.

Sì, quelle erano decisamente fusa. Lei geme e sposta le gambe un po' più in là. Non è più stretta e abbottonata e non mi tiene a distanza.

"Non saremo mai niente di più che co-genitori", dico.

"Mm, sì, è così", borbotta Nikki in accordo.

Scendo con i baci dal collo verso il suo seno. Con una mano le tengo i polsi sopra la testa. Con l'altra, lascio che le mie dita vaghino sul suo seno, stuzzicando il suo capezzolo prima di piegarmi per succhiarlo e assaggiarlo, baciarlo e leccarlo.

La sua testa si sposta all'indietro e i suoi occhi sono chiusi.

Si sta divertendo quasi quanto me.

"Sarai mia", dico mentre faccio scorrere le dita lungo il suo stomaco.

I suoi fianchi dondolano in avanti. È ovvio quello che vuole. Glielo do?

Lei geme e il suo respiro si fa più profondo mentre le mie dita sfiorano il suo fianco. Tutto quello che faccio è stuzzicarla, lasciare che il mio tocco vaghi per eccitarla.

"Dillo", comando.

Rimane in silenzio per un momento. È la prima volta che la vedo senza parole. "Dire cosa?", chiede.

"Che sei mia e posso fare quello che voglio".

I suoi occhi si aprono pigramente. Respira forte e pesante. Le sue guance sono arrossate, e lo stesso rossore si è diffuso sul suo petto. "No", ansima. "Mai."

Lascio la presa, faccio un passo indietro e lascio la sua camera da letto. Chiudo la porta con un forte tonfo dietro di me.

Moreno sta fuori nel corridoio. Sta chiaramente aspettando di entrare, con gli attrezzi in mano. "Ci ho messo un po' a trovare il martello", dice e fa una smorfia.

"Aspetta fino a domattina", dico io. "Nessuno entra o esce da quella stanza fino a domani mattina". Prendo la chiave dalla tasca e chiudo la porta della camera da letto assicurandomi che lei non possa scappare.

È incinta di mio figlio. Non c'è alcuna possibilità che esca da qui senza uno dei miei uomini o me al suo fianco. Non posso correre il rischio che corra in una clinica a farsi "sistemare" il nostro piccolo problema.

Nikki avrà quel bambino, e se non vuole essere una madre, può andarsene nel momento in cui il mio bambino è nato.

CAPITOLO DICIOTTO

NICOLE

Che diavolo è stato? Perché ho lasciato che mi seducesse? Devono essere gli ormoni. Ma sono incinta di poche settimane.

È possibile?

Recupero una maglietta nera pulita che mi arriva sopra le cosce. È abbastanza lunga da coprire il sedere e le zone intime però. Mi raggomitolo sotto le lenzuola e dormo per quella che mi sembra una settimana.

Al mattino, Moreno mi sveglia, insistendo perché mi alzi e inizi la mia giornata.

"Vattene", borbotto mentre lui torreggia sopra al letto.

"È mezzogiorno. Hai già dormito tutto il giorno", dice Moreno. Apre le tende e la luce del sole entra nella stanza.

Mi riparo gli occhi con il braccio.

"Ti ho portato dei vestiti, e una volta che sei vestita, puoi venire con me giù in cucina".

Seduta nel letto, tiro su le coperte intorno alla vita. "Mi lascerai uscire da questa stanza?", chiedo. Ero certa che, dopo ieri sera, Dante non mi avrebbe mai fatto uscire, che sarei stata rinchiusa per sempre nel suo castello.

"Puoi scendere per la colazione, sì". Moreno indica le borse sul pavimento accanto al comò. "Non ero sicuro della tua taglia, così stamattina ho comprato un paio di tutto".

Ci sono dozzine di borse della spesa piene fino all'orlo di vestiti nuovi, con le etichette che spuntano fuori. I vestiti provengono da una varietà di negozi, ogni borsa da un negozio diverso, nessuno dei quali si trova a Breckenridge.

Deve essere uscito presto e ha iniziato a fare shopping nel momento in cui i negozi hanno aperto.

"Non stavi scherzando", dico io.

Sono riluttante a scendere dal letto finché lui non lascia la stanza. Non ho i pantaloni, figuriamoci le mutande. La maglietta mi copre, ma non abbastanza per i miei gusti.

Moreno sorride. Percepisce la mia esitazione? "Che ne dici se ti lascio qualche minuto per cercare tra i vestiti e poi torno per portarti giù in cucina?"

"Possiamo incontrarci di sotto", dico. Anche se non so dove si trova la cucina, sono sicura di poterla trovare.

Moreno fa un cenno con la testa. "Aspetterò in corridoio". Esce dalla stanza e chiude la porta dietro di sé.

Suppongo che non si fidi di me.

Perché dovrebbe?

Dopo qualche secondo da sola, scendo dal letto e mi dirigo verso il comò dove ci sono le grandi borse piene di vestiti, piegati e ordinati.

Mi strofino il sonno dagli occhi e rovescio i sacchetti di plastica, lasciando che i vestiti cadano sul pavimento. Prendo un paio di jeans della mia taglia e una maglietta, insieme a mutandine e reggiseno.

Mi si rivolta lo stomaco sapendo che Moreno mi ha comprato degli indumenti intimi. La maggior parte degli articoli sono normali, ma i reggiseni e le mutandine non sono affatto semplici o banali. Sono in una varietà di colori, dimensioni e stili. C'è di tutto, da perizomi a slip, e reggiseni push up o con coppe trasparenti di pizzo dei migliori stilisti.

Dante ha sicuramente dei soldi.

Mi vesto in fretta e mi passo le dita tra i capelli aggrovigliati. Dovrà bastare. Mi avvicino alla porta e giro la maniglia, sorpresa di trovarla aperta.

Moreno sta sul lato opposto, aspettando me.

"Hai fame?", chiede.

Il pensiero del cibo non mi eccita, ma sono anche giorni che non mangio molto. Non dovrei avere fame?

"Vieni con me", dice quando non rispondo.

Lo seguo lungo il corridoio e poi la tromba delle scale fino al piano principale arrivando alla cucina.

All'interno c'è un tavolo alto con quattro sedie. Nessun altro è seduto, ma già c'è un piatto con del cibo, un bicchiere di latte, acqua e succo d'arancia davanti al posto a sedere.

"Niente sala da pranzo elegante?", scherzo.

"Ho pensato avresti trovato la cucina più comoda e familiare", dice Moreno.

Ha dimenticato che sono cresciuta con Gino DeLuca? Sa chi è mio padre, vero?

"Qualcuno si unirà a noi?", chiedo.

Quello che voglio davvero sapere è se Dante farà colazione con me o se mi sta evitando.

"No, Dante è via per lavoro per i prossimi giorni".

"Oh", dico io. Non sono sicura del perché mi importi. Dovrei essere sollevata di non doverlo vedere. Non avere a che fare con lui è una bella prospettiva.

Moreno sembra simpatico, amichevole, e forse posso convincerlo a lasciarmi andare dalla mia prigionia con Dante.

"È tutto di tuo gradimento?". Chiede Moreno.

È formale, molto più degli uomini con cui ha a che fare papà. Moreno ha occhi gentili e un sorriso caloroso, ma so che dietro la sua facciata ucciderebbe un uomo senza pensarci due volte.

"Sì, solo che non ho molta fame". Salgo sulla sedia e mi siedo davanti all'enorme quantità di cibo.

Mi sembra sbagliato avere tutto questo quando le altre ragazze stanno morendo di fame. Cosa è successo a loro? È per questo che Dante non c'è più?

Si accaparra la prossima fuggitiva o riempie la sua villa di ragazze da vendere all'asta?

Spingo via il piatto. "Non ho fame", dico.

L'appetito che avevo è sparito da tempo.

"Hai bisogno di fare colazione. Se non per te, per il bambino che porti", dice Moreno. La sua voce è morbida ma ferma. Immagino che se Dante fosse qui, mi obbligherebbe a mangiare.

Dovrei essere grata che sia stato chiamato via per lavoro, ma una piccola parte di me è triste di non vederlo.

Lui risveglia un fuoco nella mia anima. Non sono sicura se dovrei odiarlo o essergli grata per avermi strappato a Diamond e agli altri uomini che avrebbero potuto avere facilmente la meglio su di me.

Sospiro e prendo il bicchiere di succo. "Posso chiederti una cosa?" Guardo Moreno.

Sta di guardia alla porta. Non sono sicura cosa si aspetti da me, è preoccupato che se scappassi dovrebbe inseguirmi? Il suo capo probabilmente non sarebbe troppo contento se riuscissi a scappare.

Moreno alza le spalle.

"Quante altre ragazze ha portato qui Dante? Quante donne ha ingabbiato?", chiedo. Onestamente non sono sicura di voler conoscere la risposta, ma almeno così potrei venire a patti con il mio destino.

Non sembra che abbia altri figli, e se questo è il caso, almeno Dante ha una ragione per tenermi in vita.

Moreno si schiarisce la gola. Sposta un po' i piedi. Sembra più che a disagio. Sembra proprio che abbia paura di rispondermi.

In cosa mi sono cacciata?

CAPITOLO DICIANNOVE

DANTE

Evitare Nikki non è difficile, soprattutto quando mi occupo di affari. Ho bisogno di sentirmi in controllo, e il fatto che stia per avere mio figlio mi rende più incerto su tutto.

Compresa lei.

La gravidanza ha mandato all'inferno il mio piano. Avevo tutte le intenzioni di spingerla su un autobus, darle cento dollari e mandarla via.

Questo era il piano.

Ora è tutto cambiato.

Fissare quello stupido test di gravidanza mi ha fatto capire una cosa: non la lascerò andare via.

Passo quattro giorni a Chicago a contatto con i russi. Quando torno a casa voglio solo farmi una doccia. Mi sento sporco come la gente che ho frequentato.

Gino è un nemico che conosco. Quell'uomo non è minimamente imprevedibile. Continuerà a trafficare ragazze finché non sarà morto, e anche allora non sono sicuro di poterlo fermare. Ci sono troppe teste da abbattere, troppi uomini che siederebbero volentieri in cima al suo trono.

Il fatto è che il tradimento non è un affare difficile da fare. Questo lo so.

Gino lo sa certamente.

Non sono un idiota. Mandare uno dei miei uomini sotto copertura sarebbe mandarlo al patibolo.

Mandare qualcuno da Breckenridge sarebbe una missione suicida.

La nostra città è troppo piccola.

Io e i russi abbiamo un'intesa, un accordo che ci tiene fuori l'uno dal territorio dell'altro, e siamo disposti ad aiutarci a vicenda in caso di assoluta necessità: vita o morte.

Ho chiesto il loro aiuto. Sto aspettando la loro risposta.

Il loro impero è costruito sull'infiltrazione nelle organizzazioni, sull'hacking nelle aziende, sul possesso di segreti aziendali per il riscatto.

Ho bisogno della loro esperienza con l'impero DeLuca per farli crollare. Che si tratti di tenere i loro beni in ostaggio o di consegnare i loro segreti ai federali, per distruggere Gino e i suoi uomini non ho problemi a farmi amici i russi.

Esalando un respiro pesante, sbatto la porta d'ingresso dietro di me e mi precipito su per le scale per quella doccia. Ho bisogno di togliermi di dosso il sudore che mi si attacca alla pelle.

In pochi minuti mi trovo sotto il getto, e l'acqua calda lascia una scia rossa sul mio corpo. Dovrei abbassare la temperatura, ma non lo faccio.

Una folata d'aria fredda spazza il bagno. Dal lato opposto del vetro, c'è del movimento.

"Qualunque cosa sia, Moreno, non può aspettare?" Grido, dando per scontato che sia lui l'idiota che interrompe i miei cinque minuti per me stesso. Chi altro sarebbe così stupido da irrompere nel mio bagno?

Ho bisogno di questo tempo per rilassarmi.

La porta di vetro si apre.

"Nikki?" Sbatto le palpebre due volte e mi strofino l'acqua dagli occhi.

Come diavolo ha fatto a uscire dalla sua stanza? Non ho dormito molto nelle ultime notti in hotel, ma questo non sembra reale.

"La tua stupida guardia del corpo Moreno non mi lascia andare", dice Nikki. Le sue guance sono rosse e il suo labbro inferiore imbronciato sporge mentre sta lì, aspettando cosa, esattamente?

Non le permetterò di andarsene con mio figlio.

"Sembra che tu abbia trovato il modo di uscire dalla tua stanza".

Non so come abbia fatto. Ha forzato la maledetta serratura dall'interno, o la guardia più giovane, Leone, ha dimenticato di chiuderla nella sua camera da letto? Sarà rimproverato più tardi per il suo errore.

"E hai dovuto irrompermi in doccia per dirmelo?"

"Sì."

Non sono abituato ad essere trattato così. Lei non può fare le regole e giocare con me.

Sono io che comando.

"Vieni qui", ringhio e la tiro sotto lo spruzzo caldo.

Grida, e non sono sicuro che sia perché non se lo aspettava o perché è ancora completamente vestita.

"Dante!" Rimane a bocca aperta. Sembra disorientata dal fatto che l'ho appena inzuppata.

Nikki non ha idea di cosa l'aspetta.

Come ho intenzione di farla bagnare.

"Cosa ti aspettavi?" La spingo contro la parete fredda del bagno.

Lei rabbrividisce.

Le mie dita tirano su l'orlo della sua maglietta bianca, che ora rivela un reggiseno viola. Grazie, Moreno!

Strappo la maglietta dal suo corpo e ne getto i resti fradici sul pavimento. Si crea una pozzanghera.

"Cosa stai..." Non finisce la frase.

Le mie dita sono già a sbottonarle i jeans. Sono bagnati come la maglietta, se non di più. Il materiale le si appiccica addosso mentre lo tiro giù, e lei esce dal denim bagnato.

Un altro indumento sul pavimento.

Si sta mordicchiando il labbro inferiore, e io mi sporgo in avanti, assaggiando la sua bocca. Sa di miele e nettare, dolce e stuzzicante.

Ogni morso non mi sembra abbastanza.

Sono affamato di lei.

Tra un bacio e l'altro, pizzico la fascia del suo reggiseno. Il raso di pizzo viola le cade dalle spalle, e lei tende il braccio fuori dalla doccia per lasciarlo cadere a terra.

Nikki non mi ferma e io non sono uno che si trattiene. Se non lo vuole, me lo dirà. L'ha detto chiaramente solo qualche sera fa.

Dovrei farla supplicare.

Farla supplicare per avere il mio cazzo dentro di lei.

Le mordicchio il labbro inferiore e lei si appoggia al mio corpo. I suoi fianchi dondolano. Sta soffrendo per me nello stesso modo in cui io soffro per lei?

C'è così tanto che vorrei dire, ma le parole non raggiungono mai le labbra. Strappo via le mutandine sottili e sento un piccolo rantolo mentre stuzzico le sue labbra con il mio cazzo.

Lei geme e io continuo a stuzzicarla.

La bacio sul collo e lungo la clavicola.

Nikki inclina la testa di lato, concedendomi l'accesso, offrendosi a me.

Sorrido, contento che sia caduta nella mia trance. Il cuore mi batte forte nel petto mentre la lingua stuzzica e succhia i suoi seni. Voglio assaporare ogni secondo, provarle che stare qui è quello che vuole e non un obbligo.

Non può andarsene.

Non glielo permetterò.

Ma voglio che il suo desiderio di restare sia più forte del mio bisogno di obbligarla.

La mia testa è annebbiata, i pensieri scivolano velocemente. Mi lascio cadere in ginocchio sul pavimento della doccia, l'acqua mi martella la schiena.

Le faccio allargare le gambe e le lecco la fessura. Lei rabbrividisce e io ho appena iniziato.

"Non ancora, gattina", dico. "Verrai quando ti darò il permesso".

Lei mugola per protestare. Le sue dita si aggrovigliano nei miei capelli.

"Dante", sussurra il mio nome. È come musica per le mie orecchie e rende il mio cazzo duro come una roccia. Devo controllarmi se voglio che duri, e lo voglio disperatamente. Voglio che lei desideri di più da me quando avremo finito, voglio che mi implori di liberarmi.

"Quando è stata l'ultima volta che sei venuta?", chiedo. La mia lingua lambisce le sue pieghe e la sua fessura. La sua umidità trapela, un'ammissione silenziosa del desiderio. Stuzzico il clitoride, leccandolo lentamente con la lingua, sfiorandolo appena all'inizio.

Non mi risponde.

"Era con me?", chiedo. La lingua sfiora più in alto, circondando la sua piccola perla.

Il suo respiro accelera.

"O ti sei toccata?" La fisso con lo sguardo.

"Oh, Dio", geme. Il rossore della doccia non è niente in confronto al rossore che le macchia le guance.

Guido una e poi due dita nel suo calore.

"Ti sei toccata da quando sei qui, sotto il mio tetto?", chiedo.

I suoi occhi si chiudono e lei si stringe alle mie dita. "Guardami", ordino.

Quando non obbedisce, ritiro le dita e lentamente allontano le labbra dalla sua vagina.

Lei ansima e trema, lottando per stare in piedi. Chiudo la doccia e la prendo in braccio, portandola nella camera da letto.

"Dante?"

"Non hai risposto alla mia domanda", dico mentre la stendo sul letto. Guido il suo sedere verso l'alto. "A quattro zampe".

Le mie dita accarezzano il suo sedere perfettamente rotondo prima di scendere a stuzzicare le sue labbra.

"Mi vuoi?" Mi piego in avanti, il mio respiro le stuzzica l'orecchio.

"Sì", sussurra. La sua risposta è rauca e densa. Ogni respiro di Nikki è pesante, e i suoi morbidi rantoli si trasformano rapidamente in gemiti mentre posiziono il cazzo sulla sua vulva.

"Dimmi che vuoi che ti scopi". Ci vuole tutto il mio autocontrollo per non sprofondare in lei. Di solito prenderei un preservativo, ma sembra un investimento inutile ora, visto che l'ho già messa incinta.

"Sì, voglio che mi scopi", fa le fusa.

Le sue parole sono la più perfetta e dolce armonia che abbia mai sentito. Mi lascio cadere dentro la sua figa stretta, stuzzicandole il clitoride ad ogni spinta.

La testa di Nikki cade in avanti mentre la sua schiena si inarca. Posso già sentire il suo orgasmo crescere mentre trema contro il mio cazzo.

"Non ancora", avverto e scivolo fuori da lei.

Lei mugola in segno di protesta, e io la giro, gettandola sulla schiena. "È meglio che tu non abbia finito", dice, fissando il mio cazzo duro come la roccia.

Rido tra me e me.

Finito?

Non avrò finito finché non avremo urlato entrambi.

Mi immergo in lei, più forte e più a fondo. Guido le sue gambe verso le mie spalle, e le sue interiora si stringono contro di me.

"Per favore." Si sta di nuovo mordicchiando il labbro inferiore. I suoi occhi sono aperti, ma sono piccole fessure mentre si sforza di fissarmi.

"Puoi venire", comando mentre le strofino il clitoride, e lei si stringe e stringe. Le dita dei piedi le si arricciano e la sua schiena si inarca sul materasso.

Ci vogliono tutte le mie energie per riuscire a resistere ancora qualche secondo mentre ascolto i morbidi rantoli e i gemiti del suo orgasmo.

Uno.

Due.

Altri tre colpi e sono lì con lei, a venirle dentro, sepolto nel suo calore.

Mi tiro fuori e scendo dal letto, tornando verso il bagno.

"Dante?" La sua voce è morbida e dolce, come un sussurro sbiadito.

"Vai a dormire", dico io.

Si abbarbica sotto le coperte. Le mie coperte.

Non ho mai permesso a nessun altro di dormire nel mio letto.

Vado in bagno e chiudo la porta.

Cosa ho fatto?

Scoparla non faceva parte dell'equazione.

È la madre di mio figlio. Ma una relazione? Potrebbe complicarsi troppo in fretta. Mi appoggio al bancone del bagno. Fissando il mio riflesso, vedo mio padre, il suo odio negli occhi.

Lo odio.

Mi odio ancora di più.

Era un uomo crudele, che ha sempre portato innumerevoli donne nel suo letto. C'è da meravigliarsi se sono il suo unico figlio? Mi aspettavo di scoprire un fratellastro da qualche parte là fuori, in attesa di reclamare la sua eredità.

Non è mai successo.

Sono lo sfortunato bastardo ad avere un padre che non voleva un figlio. Mia madre è morta quando ero giovane. Ho avuto innumerevoli tate finché non ho avuto l'età per frequentare il collegio.

Non manderò mai via la mia carne e il mio sangue, ma crescere un bambino, che diavolo ne so io?

Ci sono mostri che vagano per le strade e vogliono che la mia famiglia venga distrutta. Come posso proteggere un bambino?

Spengo la luce del bagno e mi ritiro in camera da letto. Nikki è già addormentata e russa dolcemente, sepolta sotto le mie coperte.

Non posso restare qui con lei.

Anzi.

Questa è la mia stanza.

Non può stare lei qui con me.

Mi infilo un paio di boxer prima di sollevarla tra le braccia con una coperta a coprirle il corpo.

Si muove, ma non si sveglia completamente. La sua testa si appoggia al mio petto. Com'è possibile che sia così tranquilla e calma senza una preoccupazione al mondo?

Nikki è una dura. Con tutto quello che ha sopportato a causa di suo padre, è ancora viva e respira, sorridente e ignara del mostro che lui è.

Beh, non sono sicuro di averla vista sorridere, ma sono sicuro che non abbia la minima idea che sia stato lui a farla rapire.

E io sono lo stronzo che non riesce a dirle la verità.

Riportandola nella sua stanza, la metto sotto le lenzuola e tiro su le coperte. Mi astengo dal darle il bacio della buonanotte. Non è nelle mie corde.

Mi ritiro e chiudo silenziosamente la porta della camera da letto.

Ho fatto un voto segreto per tenerle nascosta la verità, per proteggerla.

CAPITOLO VENTI

NICOLE

Mi rotolo sotto le coperte e allungo il braccio per trovare il letto accanto a me vuoto.

È andato in ufficio? O è tornato al lavoro?

Apro pigramente gli occhi. Sono di nuovo nella mia camera.

Espiro un sospiro esausto e mi spingo fuori dal letto. È già mattina e il sole è luminoso.

Non si adatta al mio umore. Ci dovrebbero essere nuvole e tuoni che arrivano e scuotono la casa.

La luce del sole si rigetta in camera da letto con un bagliore allegro.

Ieri sera non ho chiuso le tende prima di dormire.

A quanto pare, neanche Dante ci ha pensato prima di sbarazzarsi di me.

Ma che diavolo?

Ero solo questo per lui, un oggetto sessuale? Una scopata veloce.

Mi ha comprato a quella stupida asta. Ero una prigioniera alla sua mercé. Afferro il cuscino e lo lancio dall'altra parte della stanza.

Cade a terra con appena un suono, non più di un tonfo.

Perché ho pensato che io significassi qualcosa di più per lui?

Aveva messo in chiaro che ero di sua proprietà. Mi aveva comprato come una proprietà dopo avermi rapito.

Il bastardo!

Era tutto a causa del suo stupido pick-up?

Sa che mio padre è Don. Non ha paura che faccia qualcosa per vendicarsi?

Non riesco ancora a capire com'è possibile che papà abbia permesso a Dante di portarmi a casa.

Dante non deve avergli dato una scelta.

Devo dargli tempo. Papà manderà un esercito di uomini per annientare Dante e i suoi.

Ma quando?

È già passata una settimana e sono ancora bloccata qui, incapace di andarmene.

Un colpo secco e la porta della camera da letto si apre. È una delle guardie. "Sei attesa di sotto tra cinque minuti", dice.

Attesa? Ora Dante mi sta dando degli ordini?

"Oppure?", chiedo e stringo le coperte intorno a me. Sono nuda sotto le lenzuola e non voglio che la guardia si faccia delle strane idee. Sembra a malapena abbastanza grande per bere. Anche se con amici come Dante, sono sicuro che ottiene tutto quello che vuole, alcolici inclusi.

"Va tutto bene, Leone", dice Dante alla guardia. Lo supera e si autoinvita ad entrare in camera mia. Dante è vestito di tutto punto, abito costoso e tutto il resto, con le scarpe nere lucide a completare l'insieme.

Cerco di non fissarlo ma è difficile quando quella voce nella mia testa continua ad assillarmi.

Ti ha fatto del male. Ti ha rapito. Ricordi? Non innamorarti del suo fascino. Non innamorarti di lui.

"Facciamo colazione prima che io debba iniziare la mia giornata".

Dovrei sentirmi apprezzata perché mi invita a fare colazione con lui? Non me ne frega niente. "Non ho fame".

Mi giro per protestare contro il suo annuncio. Forse capirà l'antifona e mi lascerà in pace. Dopo tutto, l'ha sicuramente fatto ieri sera dopo che noi... nel suo letto.

Faccio una smorfia, ricordando l'accaduto. Non voglio pensare al sesso o pensare a lui. E ogni secondo di più, il pensiero mi passa per la testa. Ricordo il suo corpo caldo e nudo.

No.

No.

No.

Mi tappo mentalmente le orecchie e canto.

"Non stai ascoltando una parola di quello che dico". Dante strappa le coperte dal mio corpo nudo.

"Bastardo!" Grido e mi tuffo verso le coperte. È più forte di me.

I miei pugni lo colpiscono, ma lui mi e mi blocca contro il muro. I miei capezzoli si induriscono per il freddo nell'aria.

Siamo soli, solo noi due, e io sono nuda. La porta è spalancata e chiunque potrebbe entrare. Se Leone è nelle vicinanze, non dà alcun segno della sua presenza.

"Sono io il bastardo?" Dante ride. "Divertente, considerando che sei tu che mi stai picchiando. Io mi sto solo difendendo".

"Sei assurdo". Non ci posso credere, rigira la frittata come se fossi io la cattiva. "Mi hai rapito. Mi hai costretto a venire a casa con te e mi hai rinchiuso nel tuo prezioso castello. Pensi davvero di essere l'eroe?"

Il sorriso scompare dalla faccia di Dante. Lascia la presa, fa un passo indietro e si spolvera la giacca come se gli avessi appena gettato del fuoco addosso.

I suoi occhi tremano e si assottigliano. C'è qualcosa dietro quelle profondità scure che mi attira così facilmente.

Io do la colpa agli ormoni.

"Ti ho invitato a fare colazione con me solo perché porti in grembo mio figlio. Era una gentilezza. Non succederà più. Una guardia ti porterà tre pasti al giorno", dice Dante e si volta sui tacchi.

È spietato e veloce. Dante esce come una furia dalla camera da letto, sbattendo la porta dietro di sé.

Non uscirò mai da qui.

CAPITOLO VENTUNO

DANTE

"Voglio delle riprese all'interno della casa di DeLuca", dico. Non sono soddisfatto dell'attrezzatura audio. Ho bisogno di altro. Qualcosa che possa usare su Gino per distruggerlo.

Ma come?

E cosa?

Mi siedo alla scrivania, sprofondando nella pelle nera della sedia. Passo le dita sulle venature del legno. Sono distratto.

Nikki mi ha distratto.

Se non sto attento, potrebbe farmi uccidere.

È per questo che ho chiesto un incontro con Moreno. Ho bisogno della sua esperienza e che mi dia qualche idea. Mi fido di lui più di ogni altro, non solo per coprirmi le spalle, ma anche per dirmi quando faccio cazzate o sbaglio.

"Capo", dice Moreno e si schiarisce la gola. Ha parlato ma io non lo stavo ascoltando.

Alzo lo sguardo verso di lui. Siamo solo noi due.

"Possiamo mandare Halsey", dice Moreno. "Conosce la disposizione della casa, ed è già stato dentro una volta. Inoltre, Breckenridge è piccola, la società di cablaggio non ha molti tecnici. Gino comincerà a notare se ogni tecnico che viene a casa sua è di origine italiana".

Merda.

Non ha tutti i torti.

"Ci penserò", dico.

Sto ancora aspettando notizie dai russi.

I DeLuca hanno il loro sistema di sicurezza privato. Se possiamo hackerare e avere accesso remoto, non dovrò preoccuparmi di mettere in pericolo i miei uomini.

È una soluzione facile, ma mi costerà un favore.

Mi strofino la nuca. Sono stanco. Non ho dormito abbastanza. Rimettere Nikki nella sua camera da letto avevo pensato che mi avrebbe aiutato a dormire. Non è stato così. Continuavo a sentire il suo profumo sul cuscino e le lenzuola.

Dovrò far cambiare e lavare le lenzuola. Questo eliminerà il suo odore dalla stanza?

"Possiamo parlare di Nicole?" Chiede Moreno.

Non l'avrebbe tirata fuori se non fosse veramente preoccupato. Sa quando tenere la bocca chiusa, il che mi preoccupa se non lo fa.

"Cosa c'è da discutere? Come sai, è incinta. Non ho intenzione di mandarla via con mio figlio e non avere più sue notizie".

Con questo spero di aver stroncato la conversazione sul nascere.

Se Moreno pensa che tenere Nikki qui sia una cattiva idea, dovrà ricredersi. Non se ne andrà finché non la libererò.

"Lei crede che sia tu il cattivo".

"Nel caso ti sia perso le ultime notizie, non sono un santo".

Moreno rotea gli occhi e si appoggia alla sedia di fronte a me. "Sì, beh, la mia preoccupazione è che Gino abbia un piano che non abbiamo visto, e quando verrà a riprendersi Nicole, lei sarà pronta ad andare con lui e a dargli tutti i nostri segreti".

Ci ho già pensato. "Perché credi che la tenga confinata nella sua camera da letto?" Non la lascio avvicinare al mio ufficio o ai miei uomini. C'è una guardia che l'accompagna in cucina, ma quello è l'unico posto dove le è stato permesso di stare, tranne quando è uscita di nascosto l'altra notte."

Non sarebbe successo di nuovo.

"Non puoi farlo per sempre", dice Moreno.

Vorrei dirgli di mettermi alla prova, ma so che ha ragione. "Quando arriverà il bambino, ci sarà una nursery e la sua camera da letto". Sorrido soddisfatto.

"La ragazza ha bisogno di vitamina D. Luce. Di sole. Sai, la palla gigante nel cielo".

"Non sono un idiota", dico. "Quando sarà meno esuberante, potrai lasciarla vagare per il giardino.

Tienila sempre d'occhio. E sto aumentando la sicurezza qui intorno. Quando Gino verrà a sapere che sua figlia è incinta, chissà cosa farà".

"Hai detto che ti ha dato la sua benedizione per sposare sua figlia. No?". Chiede Moreno.

"Più o meno". Continua a sembrarmi un affare strano, ma non voglio pensare troppo ad un uomo che tormenterebbe e torturerebbe sua figlia. È malato.

"A proposito della cameretta, capo. Vuoi che faccia ordinare e consegnare una culla e le altre cose?".

Non so nulla di bambini. Mi sorprende che Moreno ne sappia più di me, ma ha due fratelli minori. Io sono figlio unico.

"Sì, una culla andrebbe bene. Occupati tu di questo. Io mi occuperò di Nikki".

"Di cosa ti occuperai?". Chiede Moreno. Alza un sopracciglio con fare indagatore. Non so come diavolo faccia.

"Le ricorderò chi comanda. Ha questo modo di fare, Moreno. Giuro che sta cercando di mandarmi fuori. Devo toglierle questo atteggiamento".

"Non è un cucciolo che puoi addestrare e portare fuori a giocare quando sei annoiato".

"Non è proprio quello che è? Il mio animale domestico".

Gattina.

CAPITOLO VENTIDUE

NICOLE

Non aveva mentito quando mi aveva detto che una guardia mi avrebbe portato tre pasti al giorno. La maggior parte dei giorni viene il giovane e impressionabile Leone.

Sembra il più facilmente manipolabile, ma non ho ancora provato a scappare mentre mi porta il cibo su un vassoio d'argento.

Dove potrei andare?

Leone non è l'unica guardia.

Quando sono stata accompagnata in cucina, ho contato fino a cinque uomini all'interno, facili da individuare. Ce ne sono altri fuori, e forse altri che non ho visto dentro alla villa.

È passata quasi una settimana e non ho ricevuto la minima parola o sguardo da Dante. Non so se è a casa e mi evita o è via per lavoro.

Cosa fa oltre a rapire le ragazze?

Mi appollaio sul bordo del davanzale. È ampio e molto grande. Potrebbe facilmente essere un angolo di lettura, se solo la mia stanza fosse piena di libri. Un posto dove far vagare la mente.

Non credo che Dante legga. Non sembra il tipo da avere il naso infilato in un libro.

Mi manca la biblioteca gigante a casa di papà. C'erano sempre nuovi libri da scoprire quando mi annoiavo.

"Ti ho portato la cena", dice Moreno.

Alzo lo sguardo dal mio posto sul davanzale della finestra. Se solo potessi aprire quel dannato vetro. Le mie unghie seguono la colla spessa che si è modellata insieme al vetro.

"Non sprecare le tue energie", dice Moreno.

Lascio che la mano mi ricada in grembo. Non sa cosa mi passa per la testa.

"Hai portato..." Il mio naso si arriccia all'odore e corro in bagno.

La nausea mattutina in realtà arriva ad ogni ora del giorno, soprattutto quando mi viene portato del cibo.

"Cervo", risponde Moreno dalla camera da letto.

Il vassoio sferraglia quando lo mette presumibilmente sul tavolo vicino alla finestra.

Dopo aver vomitato, mi sciacquo la faccia, mi lavo le mani e torno lentamente in camera da letto.

"Non ho fame", dico. Nel caso in cui non sia già ovvio.

"Hai a malapena mangiato oggi", dice Moreno.

Scrollo le spalle. Portare un bambino in questo mondo sembra crudele. Non è meglio lasciare che la natura faccia il suo corso?

Il pensiero mi fa venire le lacrime agli occhi, ma le spingo giù. Sono sicura che sono gli stupidi ormoni a far divampare le mie emozioni.

Dante non mi vede da giorni. "Dov'è?" Chiedo.

È probabile che Moreno mi dica la verità. Non ho ottenuto nulla da Leone. Tuttavia, non so se non ha una risposta o semplicemente non vuole dirmi niente.

"Dovresti mangiare", dice Moreno, "o dovrò dirglielo".

Bene.

"È questo che serve per avere la sua attenzione?" Incrocio le braccia sul petto.

Sono stanca dei giochi. Sono una prigioniera, e anche se gli alloggi sono più belli rispetto a dove ero tenuta con le altre ragazze, sono ancora senza la mia libertà.

Ho bisogno di fuggire, di sentire la calda brezza estiva sulla pelle. Guardare il sole attraverso la finestra non sortisce lo stesso effetto.

Moreno mi fissa. "Posso portarti qualcos'altro? Qualche voglia?"

Il secondo di Dante sembra preoccuparsi più del mio benessere che del padre di mio figlio.

"Portami Dante".

Esala un sospiro pesante. "Ti lascio con il cibo", dice Moreno, ignorando la mia richiesta. Esce dalla camera da letto, e sento lo scatto della serratura.

———

Dopo aver detto a Moreno di portarmi Dante, non so bene cosa mi aspetto che succeda. Mi siedo di nuovo sul davanzale della finestra fissando il giardino sul retro, la distesa aperta che si estende a perdita d'occhio.

Prendo il coltello da burro dal vassoio e lavoro la colla intorno alla finestra. Forse posso riuscire a scappare.

Sono all'opera quando Dante entra nella stanza.

Quando Moreno entra senza bussare, è calmo e tranquillo. Ma non Dante. Lui entra come una furia.

Le mie dita lasciano cadere il coltello, che sferraglia rumorosamente cadendo sul pavimento, mentre io mi sposto velocemente per nascondere quello che sto facendo. Sospetto che lui lo sappia già.

È per questo che ha scelto ora di venire?

Ci sono telecamere nella mia camera da letto?

O è stata la mia richiesta a Moreno di una visita di Dante che lo ha portato ad irrompere nella stanza?

Ho la bocca secca, riarsa. Mi hanno portato un bicchiere d'acqua con il pasto ma non è stato toccato.

"È necessario che ti imbocchi?". Chiede Dante. Il suo volto non mostra alcun accenno di emozione, ma le sue mani sono strette a pugno sui fianchi.

Non voleva venire a vedermi? È Moreno che gli ha forzato la mano? Mi sembra improbabile.

Dante non fa nulla che non voglia. Un vantaggio dell'essere il capo.

"Non ho fame", dico e guardo il piatto che ora si è senza dubbio raffreddato.

Fa un passo nella stanza, si avvicina. Non fa commenti sul coltello che è caduto sul pavimento. Si china e lo raccoglie, tenendolo lontano da me.

"Cosa mangerai?", chiede.

"Te l'ho detto. Non ho fame". Lo può considerare uno sciopero della fame. Beh, quello e le nausee mattutine. Il pensiero del cibo mi fa venire la nausea.

"Non sei golosa di dolci? O forse hai voglia di uno snack salato? Posso portarti un sacchetto di patatine? Ti porto tutto quello che vuoi".

Che faccia tosta!

"Pensi davvero che un sacchetto di patatine compensi il fatto che mi hai chiuso in casa tua e hai rubato la mia libertà?"

"Non è sicuro per te là fuori". Indica la finestra. "Sai cosa ho passato per riportarti qui con me?"

Non mi piace che sia così vicino e che invada il mio spazio personale. Ho bisogno di spazio per respirare. Mi allontano dal davanzale.

Sono irrequieta. Sedersi non è un'opzione.

"Non può essere stato così difficile", dico. "I tuoi uomini mi hanno costretto a salire in macchina e mi hanno rapito!" Come osa fare la vittima, come se non fosse lui ad avere il controllo totale.

Il mio stomaco si agita e sono sicura che da un momento all'altro starò di nuovo male.

"Ti voglio fuori di qui!" Indico la porta. "Vattene!" Grido, ma lui non mi ascolta.

La bile mi sale alla bocca e mi precipito in bagno, alzando la tavoletta del water.

Avrei dovuto lasciarla su. Passo più tempo con la testa china sulla tazza di porcellana che in qualsiasi altro punto della stanza.

Trasalisco quando lui poggia una mano sulla mia schiena.

Sono sudata e disgustosa.

Tiro lo sciacquone e mi lavo le mani. "Vuoi fare qualcosa per me?"

Mi fissa.

"Prendimi il colluttorio".

CAPITOLO VENTITRÉ

DANTE

Non mi piace quello che sento da Leone e Moreno, Nikki ha a malapena toccato il suo cibo.

Moreno ha accennato al fatto che soffre di un'apparente nausea mattutina, ed è probabilmente per questo che non ha mangiato.

O è una sfida?

No.

Quando si precipita in bagno, non può fingere che stia vomitando.

E, in qualche modo, trova il coraggio di scherzare sul fatto di prenderle il colluttorio.

Mi chino e apro l'armadietto sotto il lavandino. Le passo una bottiglia nuova di zecca di collutorio al gusto di menta.

Lei socchiude le labbra e corruga la faccia. A quanto pare, non è una ficcanaso come pensavo.

Forse dovrei iniziare ad ascoltare Moreno e lasciarla uscire dalla sua stanza, darle un po' più di libertà.

Ma posso fidarmi di lei?

Apre la plastica e versa una piccola quantità di liquido, risciacqua e sputa nel lavandino.

"Nient'altro? Zuppa? Cracker? Tè caldo?" Suggerisco.

Le cose non sono andate bene tra noi. La colpa è tanto mia quanto sua, ma non è questo il punto. Sono sinceramente preoccupato per lei. Sono anche preoccupato per il bambino che porta in grembo, mio figlio.

"Come ho detto, non ho fame". Mi sfiora e si accascia sul materasso. È come se il fuoco dentro di lei si fosse spento. Sconfitto.

Non sono pronto a vederla così.

Pensavo che la sua mancanza di fame fosse più per uno sciopero che per altro, ma guardandola, esaminandola più da vicino, sono preoccupato.

Ha perso molto peso. Non dovrebbe essere il contrario?

"Ti porto all'ospedale.", dico e esco nel corridoio per trovare Moreno. Gli faccio sapere che sono preoccupato per il benessere di Nikki e di tenere d'occhio le cose mentre siamo via.

Se ne occuperà lui.

Prendo Nikki tra le braccia e la porto giù per le scale e fuori dalla porta d'ingresso.

Socchiude gli occhi sotto il sole della sera che è luminoso ma non accecante. Dovrei seguire il consiglio di Moreno e lasciarla uscire, ma è difficile per me fidarmi di lei. Come potrei se è la figlia di Gino?

Potrebbe tradirmi in qualsiasi momento.

Come faccio a sapere che non è tutto un piano per ottenere informazioni per la famiglia DeLuca?

Mi è certamente passato per la mente. Altrimenti perché mi avrebbe dato l'opportunità di sposare sua figlia? Solo perché non vuole che lei sappia che c'è lui dietro il suo rapimento mi sembra inverosimile, anche per Gino.

Il mio stomaco si contorce alla sola idea che Nikki stia giocando con me per ottenere più libertà in casa. L'ufficio è chiuso a chiave e i segreti che potrebbero distruggermi non sono facili da trovare.

Non sono negligente.

Tutto quello che faccio è calcolato.

"Non voglio andare all'ospedale", borbotta contro il mio petto. Ma non si oppone.

La metto delicatamente sul sedile del passeggero del pick-up e lei geme.

Mi fa tornare in mente il fatto che mi ha rubato la macchina. Spero che si sia goduta la sua vena ribelle perché, per quanto mi riguarda, è finita.

"Lo so, ma sono preoccupato per te. Non riesci a mangiare niente". Come minimo dovrebbe fare un'ecografia. Avevo trascurato i miei doveri, e anche se ho apprezzato che il medico sia venuto a vederla con così poco preavviso la notte in cui è arrivata a casa mia, non è un ginecologo.

Voglio il miglior medico per curare mio figlio.

E per Nikki.

————

Non è un viaggio veloce verso l'ospedale più vicino, dall'altra parte della montagna. I voli di salvataggio dove viviamo sono incredibilmente comuni perché non ci sono ambulanze.

Per la maggior parte dei problemi abbiamo un medico locale, il dottor Reiss, che lavora a stretto contatto con la famiglia, ma è un signore anziano e non sono sicuro che sappia far nascere i bambini. È bravo con ago e filo, a rattoppare i fori di proiettile e le operazioni di emergenza.

Non abbiamo molte donne intorno al castello e ancora meno incinte.

Nikki è la prima.

Voglio farle fare un'ecografia per assicurarmi della salute del piccolo che cresce dentro di lei. Ho bisogno di sapere che il bambino sta bene.

Che lei voglia o no che io l'accompagni al pronto soccorso, sarò al suo fianco come il padre amorevole che ci si aspetta che io sia.

Da questo lato della montagna non sono un volto familiare. Non frequento l'ospedale se non è necessario. Anzi, lo evito a tutti i costi.

Nikki non ha idea dei rischi che ho corso per portarla qui. I miei nemici si estendono ben oltre i confini di Breckenridge, e sono senza guardie o uomini come protezione.

Avrei dovuto portare qualcuno a coprirmi le spalle, ma ormai è troppo tardi. La mia attenzione deve essere concentrata su di lei.

È sdraiata su un letto d'ospedale, un piccolo lettino bianco, con una coperta. L'infermiera sta compilando dei documenti, annotando informazioni, mentre Nikki è pronta a rispondere alle sue domande.

Non l'ho mai vista così calma e gentile.

È così che sarà con il nostro bambino?

O sono io che ho fatto spegnere il suo fuoco interiore?

Ne dubito.

Il tempo sembra fermarsi al pronto soccorso, succede ogni volta che attraverso queste doppie porte bianche. Di solito sono coperto di sangue, il peso della vita di un altro sulle mie mani.

Questa volta non sono i miei uomini in pericolo.

Stringo la mano di Nikki. I suoi occhi sono vitrei, le sue labbra secche.

Un'infermiera le porta una tazza di cubetti di ghiaccio e lei acconsente a succhiarli uno alla volta. Non ha detto molto e non mi allontano mai da lei.

Ho paura che dica al personale dell'ospedale che l'ho presa contro la sua volontà?

Il pensiero mi attraversa la mente. Non lascio che si fissi.

Il tecnico porta l'attrezzatura ad ultrasuoni.

"Ascolteremo il battito cardiaco del feto e faremo alcune foto". Prima che Nikki possa rispondere, la ginecologa continua.

"L'avete già fatto prima? Siete pronti?" chiede la giovane donna. È tutta sorrisi e un po' troppo spumeggiante per i miei gusti.

Nikki deve pensare la stessa cosa, perché mi guarda con occhi disperati. Vuole che faccia tacere quella donna?

L'unico modo che conosco non è appropriato in un ospedale.

Nikki si solleva la camicia e la piattezza del suo stomaco mi colpisce. Dovrebbe iniziare a vedersi? So che sono passate solo poche settimane, ma non c'è nemmeno il minimo accenno di pancia.

La ginecologa applica una generosa quantità di gelatina trasparente sullo stomaco di Nikki prima di premere la bacchetta ed esaminare il monitor.

Vedo la più piccola macchiolina sul monitor. È appena più grande di un acino d'uva: un suono attraversa l'altoparlante.

Il battito cardiaco del nostro bambino.

Stringo le labbra.

L'aria viene risucchiata dai miei polmoni. La stanza gira.

Sto per diventare padre.

"Wow", dice Nikki. Mi stringe la mano, la sua presa è forte e stretta. La paura le attraversa la faccia.

Ha paura di me o di ciò che significa questo bambino? La sua vita non sarà più la stessa, e nemmeno la mia.

Non posso continuare a trattarla come una prigioniera.

Moreno ha ragione. Devo concederle la luce del sole e la libertà, anche se è solo un assaggio.

Non ha idea di quanto sia in pericolo, tutto per colpa mia.

CAPITOLO VENTIQUATTRO

NICOLE

Il viaggio di ritorno a casa è accompagnato dal silenzio. Fisso fuori dal finestrino del pick-up.

Dante non mi ha detto più di due parole da quando siamo partiti.

È stato più di un'ora fa.

Non riesco a capire se è arrabbiato o solo perso nei suoi pensieri. Riposo gli occhi e mi appisolo finché non arriviamo al castello.

Fuori è buio, e per la prima volta da giorni il mio stomaco non si agita. Il dottore mi ha prescritto delle medicine e mi ha dato una flebo mentre ero in ospedale. Questo probabilmente ha aiutato a placare la nausea per il momento.

Dante parcheggia davanti casa e si precipita quando apro la portiera.

"Ecco, lascia che ti aiuti".

I suoi uomini sono già alla porta. Moreno apre l'ingresso principale e Leone è accanto a lui. Dietro di lui ci sono altri due uomini che ho visto di tanto in tanto in giro, ma non so i loro nomi.

È successo qualcosa. Posso sentire la pesantezza nell'aria.

Anche Dante deve percepirlo.

"Cosa c'è?", chiede.

Moreno mi guarda. Esita. Mio padre verrà a salvarmi da questa prigione?

Perché ci è voluto così tanto tempo? Credevo che sarebbe venuto prima.

Appoggio una mano sull'addome e salgo le scale. Conosco il percorso fino alla mia camera da letto. Non ho bisogno di una scorta.

Eppure, lo sento alle calcagna.

Dante mi sta seguendo.

"Stai pensando di chiudermi dentro?" Sono stanca dei giochi.

Scapperò. È solo una questione di tempo.

"Non credo che sia necessario", dice.

Mi fermo fuori dalla porta della camera e mi giro per affrontarlo. Il suo respiro è caldo e c'è una carica evidente nell'aria.

"Perché?" Dovrei essere grata che non mi chiuda in camera, ma sono sorpresa. Voglio sapere perché questo improvviso cambiamento nel suo atteggiamento.

"Non te ne andrai".

Cosa lo rende sicuro che non scapperò alla prima occasione?

"Non mi lascerai andare, più che altro", ribatto. Se avessi la libertà di andare, lo farei.

Gira la maniglia della mia camera da letto e apre la porta. Mi fa cenno di entrare. Accende la luce e poi va verso il comodino, accendendo anche l'abat jour.

Con un sospiro, mi incammino. Dubito che rimarrà. Non rimane mai. Di solito entra, mi stacca la testa a morsi, litighiamo e poi se ne va.

Questo è l'unico schema che abbiamo stabilito. Perché stasera dovrebbe essere diverso?

"Come ti senti?" chiede Dante. I suoi occhi luccicano. Non so cosa stia pensando.

"La medicina ha aiutato". Indico la porta. "Ho lasciato la ricetta nel pick-up". Tecnicamente, lui ha lasciato la ricetta e i documenti in macchina. L'ha presa Dante dal dottore. Non mi ha lasciato gestire nulla da sola.

"Manderò uno dei miei uomini a prenderla", dice. "Nel frattempo, dovresti riposare un po'. A meno che tu non abbia fame? Potrei chiedere allo chef di prepararti qualcosa da mangiare".

Anche se non ho più la nausea, sono stanca. "Preferisco dormire". Mi dirigo verso il cassettone e tiro fuori una canottiera e dei pantaloncini da indossare a letto. Alla fine, avrò bisogno di un altro guardaroba. "Dante?"

"Sì."

"Avrò bisogno di nuovi vestiti, di nuovo, quando crescerà la pancia". Spero che mi permetta di accompagnarlo nei negozi, al mercato, in qualsiasi posto fuori dalla villa in cui sono stata rinchiusa.

"E quando sarà il momento mi assicurerò che Moreno ti compri abbastanza vestiti".

Esalo un respiro pesante. "Non è quello che intendevo". Lui sa cosa intendevo. Deve saperlo. Dante non è un idiota. Ho il sospetto che stia evitando di lasciarmi andare via. Ha paura che non torni più?

Dovrebbe.

"Ne parleremo un altro giorno", dice Dante e si schiarisce la gola. "In questo momento non sei nelle condizioni di andare in giro per negozi. Devi tenere sotto controllo la nausea e mangiare più calorie. Se non ti piace quello che prepara il nostro chef, posso ucciderlo e far venire qualcun altro".

"No!" Io sussulto. Lui fa un sorriso che riconosco. "Bastardo!" Gli do uno schiaffo sul braccio. Non posso credere alle sue buffonate.

Fa una smorfia. "Ti avevo in pugno".

"Non mi avrai mai, Dante", dico.

Le sue labbra sono una linea ferma e la sua fronte si corruga mentre considera le mie parole.

Non può avermi perché non sono qualcosa che si possiede. Sicuramente non finché sarò costretta a vivere nel suo castello, sotto il suo comando, senza un briciolo di libertà.

Può possedere il mio corpo ma non il mio cuore.

Dante mi sfugge. Le sue mani si posano sui miei fianchi mentre mi guida sul bordo del materasso. "Mai è un tempo molto lungo", sussurra.

Il suo respiro è caldo e delizioso. Mi manda un brivido dentro. Cerco di nasconderlo, ma lui sorride. È orgoglioso di potermi eccitare con così poco.

Lo odio per questo. Odio come il mio corpo mi tradisce.

Voglio odiare Dante. Sarebbe più facile urlargli contro e dirgli che è un mostro. Ma la verità è che non posso farlo. Sono legata a lui in un modo che va più in profondità di quanto io stessa non voglia ammettere. Non è solo il bambino, c'è di più.

Il desiderio di qualcosa che non ho mai avuto, mai sperimentato prima.

Non posso spiegarlo. Non sono nemmeno sicura di volerlo fare. Mi mette a disagio, come un maglione pruriginoso che voglio togliere e bruciare.

"Avresti potuto distruggermi oggi". Mi sfiora una ciocca di capelli dietro l'orecchio e poi mi prende il mento per farmi incontrare il suo sguardo.

I suoi occhi sono alimentati dal desiderio e dal bisogno. Fame. Desiderio. Eccitazione.

Ingoio il groppo in gola.

"Come?" Non mi sembra di avere alcun potere, neanche minimo.

"All'ospedale", dice Dante. "Avresti potuto inventarti qualsiasi motivo per non farmi entrare nella stanza con te".

Si china più vicino, la sua fronte si appoggia alla mia, e io emetto un gemito morbido dal fondo della gola.

Lo odio per avermi trascinato a casa sua, per avermi tenuto qui, ma non è stato scortese. Sono stata trattata meglio sotto le sue cure dirette che in quei pochi giorni di prigionia con le altre ragazze.

Non c'era stato il momento giusto per dire ad un'infermiera che ero stata trattenuta contro la mia volontà.

Dante era sempre al mio fianco. Adorabile. Amorevole. Affettuoso. Non è lo stesso uomo a Breckenridge.

Il personale dell'ospedale non lo conosce come lo conosco io. Per loro è solo un padre preoccupato. Per me è il mio rapitore, il mio sequestratore e il padre del mio bambino non ancora nato.

Due di queste cose non potevo evitarle. La terza, mi sarei assicurata a qualunque costo che non se ne accorgesse.

Se sta cominciando a fidarsi di me, allora lo userò a mio vantaggio.

Dante non si avvicinerà mai a mio figlio.

CAPITOLO VENTICINQUE

DANTE

Infilo Nikki nel letto sotto le coperte e chiudo la porta. Non la chiudo a chiave. Non stasera.

Uscendo nel corridoio, Moreno mi sta aspettando.

"Quanto è grave?" Chiede Moreno.

"Il bambino sta bene. Dovrei essere io a farti questa domanda". Cerco di abbassare la voce e faccio un gesto per andare da un'altra parte.

Ci dirigiamo verso il mio ufficio al piano di sotto. "Tieni la postazione fuori dalla porta di Nicole", ordino a Leone. Anche se non è chiusa in camera sua, devo sapere cosa sta facendo. "Tienila sempre d'occhio se non è nella sua stanza".

"Sì, capo". Leone sale la tromba delle scale.

Io e Moreno ci dirigiamo nel mio ufficio. Entro e accendo la luce, chiudendo la porta dietro di noi.

"Allora?" Il fatto che tutti i galoppini siano a casa mia nel mezzo della notte mi dice che c'è qualcosa che bolle in pentola, e Moreno sa qualcosa.

"Abbiamo occhi e orecchie dentro la villa di DeLuca", dice Moreno. "La tua visita con i russi ha dato i suoi frutti".

Dovrei essere sollevato, ma la pietra nel fondo del mio stomaco affonda come un sottomarino.

"Qual è il costo?". Chiedo. Devono aver contattato Moreno quando non sono riusciti a contattare me.

"Vogliono essere coinvolti nel nostro accordo sulle armi. Il dieci per cento".

"Cazzo!" Avrei negoziato, ma Moreno aveva l'autorità di agire come Don mentre io ero irraggiungibile.

La faccia di Moreno è torva. "Non è per questo che sono tutti qui, capo".

Esalando un respiro pesante, sento il peso dei problemi scendere sulle mie spalle. "Quanto è grave?"

Moreno accende il tablet e apre un file specifico. "Questo è stato registrato verso mezzanotte".

Mi consegna il dispositivo e io fisso gli uomini sullo schermo. Li riconosco. Gino è sulla destra. Sta parlando con Vance e Rafael. Vance è il suo braccio destro, come Moreno lo è per me.

L'ultima volta che ho visto Rafael e Gino è stato alla soirée. Non sono sicuro di cosa mi aspetto di vedere e di sentire e mi accascio sulla sedia.

"Mi dirai mai qual è il tuo piano con Nicole? Non è possibile che tu permetta a quel parassita di sposare tua figlia per soldi", chiede Rafael.

"Mi stavo chiedendo la stessa cosa, capo", dice Vance.

"Quella mocciosa viziata era proprio come sua madre. Ha bisogno di una o due lezioni di umiltà, secondo me. Rapirla è stato geniale, e ancora meglio, lei pensa che Dante fosse il suo rapitore". Un ampio sorriso si diffonde sul suo volto. I suoi occhi si assottigliano. "Il problema non sta in cosa ho ottenuto. Ma nella mia motivazione. Nell'inganno. Nel mio desiderio di distruggere".

"Distruggere. Come?" Chiede Vance.

"Tick-tock", dice Gino in modo criptico.

Metto in pausa il video. "Cosa mi sto perdendo?" C'erano già ore di registrazioni e filmati da filtrare. Non avevo né il tempo né l'energia per passarli al setaccio. È quello che dovevano fare i miei uomini.

"Continua a guardare", dice Moreno.

Non sono sicuro di poterlo fare. Ogni volta che guardo Gino, vorrei lanciare quel maledetto video dall'altra parte della stanza.

Esalando un pesante sospiro, faccio ripartire il video.

"Tic-tac", ripete Gino.

"Il topo ha fatto il giro dell'orologio?" Rafael scuote la testa. "Non capisco, capo".

Nemmeno io, cosa mi stavo perdendo? Ho ascoltato il messaggio. Ho aspettato di capire cosa significasse.

"Nicole è stata avvelenata", dice Gino.

La fronte di Vance si corruga e si alza per camminare nella stanza. "Perché? Non potevi sapere che Dante si sarebbe presentato e avrebbe proposto di comprare tua figlia".

"Certo che no. Abbiamo drogato le ragazze, così sono meno propense a combattere. Nicole ha preso una dose più pesante, e quando era fuori con l'ultima partita, abbiamo mescolato un cocktail speciale. Ultimamente è stata un problema. Ha bisogno di disciplina. Ho pensato che dopo essere stata malata e sul letto di morte, sarebbe arrivata a capire che facevo solo il suo bene".

"Ma ora è con i Ricci", dice Rafael. "Dobbiamo rapirla? Portarla a casa?"

"No. Manderemo dei fiori e le nostre condoglianze. Sta già mostrando i sintomi, ne sono sicuro. Sarà morta tra quarantotto ore".

Lascio cadere il dispositivo sulla scrivania. "Nikki sta morendo?"

CAPITOLO VENTISEI

NICOLE

La camera da letto si apre cigolando, svegliandomi.
Mi rotolo sul materasso, gli occhi indolenziti. Sono
stanca. Chi sta entrando nella mia stanza?

Le ombre danzano sui suoi lineamenti scuri.

Riconoscerei quel corpo ovunque. Che cosa sta
facendo? Intrufolarsi nella mia camera da letto?

"Dante?" Mi strofino il sonno dagli occhi. "Cosa stai
facendo?" Mi metto a sedere nel letto e tiro su le
coperte.

È silenzioso e si avvicina come se fossi la sua preda.
Dante sale sul letto, si mette su di me,
costringendomi a sdraiarmi di nuovo.

"Tu..."

"Cosa?" Chiedo. Il luccichio di tristezza nei suoi occhi mi fa agitare lo stomaco.

L'ospedale aveva affermato che il bambino era sano.

C'è qualcosa dietro quegli occhi scuri che mi fa male al cuore e voglio sapere cosa c'è che non va.

Si china e le sue labbra catturano le mie in un bacio rovente. Con una mano, le sue dita si aggrovigliano nei miei capelli, tirandomi più vicino mentre si abbassa sudi me, intrappolandomi tra lui e il letto.

"Dimmi cosa c'è", sussurro tra un bacio e l'altro.

Il mio corpo risponde istantaneamente al suo tocco, il suo calore e il suo desiderio. Un gemito mi sfugge dalle labbra, e lui lo prende come un ulteriore incoraggiamento, spingendo le lenzuola verso il basso, i suoi fianchi si sollevano abbastanza a lungo per permettere alle coperte di scivolare via.

"Ti voglio", dice Dante.

A cavalcioni su di me, si toglie la camicia e mi sfila la maglietta. Sollevo i fianchi per permettergli di togliermi i pantaloni del pigiama e le mutandine. È difficile negargli qualcosa quando i suoi baci mi accendono un fuoco dentro.

Probabilmente sono gli ormoni che imperversano a farmi desiderare il suo tocco.

Il suo respiro mi stuzzica lungo il collo, e mi pizzica la pelle lasciandomi il segno.

Io sono sua.

Vuole che tutti sappiano che gli appartengo.

Non è per questo che sono chiusa in questa villa?

"Girati", ordina nel mio orecchio, e mi gira rapidamente, le sue mani forti contro i miei fianchi. "A quattro zampe".

Anche nel sesso, comanda con autorità. Un brivido mi percorre la schiena mentre striscio sulle ginocchia.

Mi apre di più le gambe e il suo tocco tra le mie cosce manda ondate di calore al mio cuore.

"Sei bagnata per me. Bene, gattina", mi sussurra all'orecchio.

"Sì, padrone", dico, recitando la parte che lui si aspetta da me. Perché altrimenti darmi un nomignolo e comandarmi a suo piacimento?

Mi ricompensa. Le dita di Dante scivolano tra le mie labbra e circondano il mio clitoride.

Dondolo i fianchi avanti e indietro, le sue dita applicano la quantità perfetta di pressione sul fulcro del mio piacere.

"So che vuoi venire", sussurra Dante nel mio orecchio.

Piagnucolo in accordo. Ha ragione. Voglio sperimentare quella dolce liberazione che lui può offrirmi. Continuerà a prendermi in giro o mi concederà ciò che desidero?

"Per favore". Non mi faccio problemi ad implorare. Me ne pentirò dopo, ma ora il desiderio cresce dentro di me. Voglio sentire che mi riempie.

Faccio per toccarmi, ma lui mi scaccia le mani e mi morde il collo. Il suo corpo è attaccato al mio e il suo cazzo spesso e duro stimola l'ingresso.

"Vuoi che ti scopi, gattina?" Dante mi sussurra all'orecchio.

"Sì."

La mia vulva pulsa, e lui non mi ha nemmeno ancora penetrato. Sono calda e bagnata. Mi ha stuzzicato, le sue dita hanno sfiorato la mia fessura, ma lo voglio dentro.

La sensazione di pulsazione inizia e le mie dita dei piedi si arricciano. Voglio sentire il suo cazzo dentro di me.

Dante mi stuzzica con la cappella e i miei fianchi si scuotono, voglio che lui entri, che mi scopi. Sto diventando pazza di desiderio. Il desiderio si sta trasformando in bisogno.

"Per favore", imploro, e sento il suo membro duro seppellirsi nella mia stretta.

Un gemito esce dalle mie labbra e le mie dita si stringono alle lenzuola aggrovigliate sul letto. La mia testa è piegata in avanti, pendente, la mia schiena inarcata.

Ogni spinta e vedo le stelle. Chiudo gli occhi.

Rinuncio a cercare di fare silenzio. So che non siamo soli manon mi interessa più chi può sentirci.

I miei gemiti sono molto più pronunciati e vocalizzati, e sembrano solo incoraggiare ulteriormente Dante.

Ogni spinta cresce in intensità, i suoi movimenti accelerano il ritmo quando sente i miei gemiti. "Nikki", grugnisce, e le mie interiora si stringono, pulsando intorno a lui.

Ancora qualche colpo e tremo contro il suo pene, le dita dei piedi si arricciano. Non lo aspetto, il dolce rilascio mi fa battere il cuore contro la cassa toracica come se potesse scoppiarmi nel petto.

Dante viene nello stesso momento. Si libera dentro di me prima di crollare sul materasso, tirandomi sopra di lui.

Non avrei mai pensato che volesse coccolarmi. Mi avvicina, le sue dita mi accarezzano la schiena e il sedere nudo.

Il sudore copre la mia pelle, e l'aria fresca del ventilatore a soffitto mi accarezza insieme al suo tocco.

Vorrei chiedergli cosa sta succedendo, ma il suo tocco è calmante, e sono attirata dal sonno. Per la prima volta dopo giorni, mi sento sollevata, tranquilla e in pace.

"Buonanotte", borbotto prima di addormentarmi.

CAPITOLO VENTISETTE

DANTE

Come posso dirle la verità? La sua mano è stesa sul mio petto, il suo respiro lento e regolare.

Si è addormentata.

Tiro su le coperte intorno ai nostri corpi nudi. Non avevo intenzione di entrare nella sua stanza per fare sesso con lei, ma vedendola, sapendo che suo padre l'ha avvelenata, non posso ignorare i sentimenti che si agitano dentro di me.

Non dovrei provare qualcosa per Nikki. È pericoloso. Amare qualcuno distruggerà tutto quello che ho ottenuto.

Eppure l'ecografia di questa sera mi ha rubato il cuore.

Avrà il mio bambino.

Non posso ignorare la sensazione crescente alla bocca dello stomaco, la sensazione che ho quando lei è vicina, mi distrae. Non voglio perdermi nei pensieri di una donna che dovrebbe essere mia nemica.

Ma Nikki non è affatto come suo padre. Almeno per quanto ne so.

È intelligente e astuta ma non spietata.

È un sollievo sentire il suo morbido respiro contro il mio petto mentre dorme. È viva. Il mio bambino è vivo. Ma per quanto tempo ancora? Quello che ha detto Gino sul fatto che le restano quarantotto ore di vita. Come può essere?

Voglio dare un pugno a qualcuno e urlare.

Nikki si sposta leggermente e la mia presa su di lei si stringe. Non voglio lasciarla andare.

Mai.

Gino potrebbe avere torto? Forse sospetta che stiamo ascoltando e ci sta dando informazioni sbagliate?

Abbiamo solo la sorveglianza audio nell'ufficio di Gino. Non può aver trovato la cimice.

Riporto Nikki all'ospedale? Andarci una volta è stato rischioso. Due volte potrebbe essere mortale. Se non per lei, per me.

Ci sono uomini che mi vogliono morto. Presentarsi di nuovo in città è un suicidio. Devo procedere con cautela.

"Dante?"

"Sono qui", sussurro e le strofino la schiena con dolcezza. Voglio cullarla di nuovo nel sonno. Sarò così fortunato?

Lei cerca di allontanarsi e di rotolare sul fianco, ma io non la lascio andare. La mia presa si stringe intorno alla sua vita.

"Il mio braccio si è addormentato", dice e cerca di spostarsi contro di me.

A malincuore allento la presa, e lei si sposta dal mio corpo e rotola sulla schiena. Le sue dita mi sfiorano il fianco, il suo tocco è morbido e persistente anche quando la mano scivola sul mio stomaco e vaga più in basso.

La fermo.

"Se continui così..."

"Cosa?" mi interrompe. Un enorme sorriso si diffonde sul suo viso.

Si sta prendendo gioco di me?

"Cosa farà il grande Don?". Chiede Nikki.

Sì, lo sta chiedendo.

Perché sono sorpreso?

Ringhiando, la blocco e la intrappolo contro il materasso, le sue braccia tenute sopra la testa da una delle mie mani. L'altra mano le sfiora i fianchi mentre lei si contorce sotto di me.

I suoi movimenti fanno indurire il mio cazzo.

È una tentatrice e non posso negarle il piacere.

Nessuno pensa più a dormire e mi seppellisco profondamente nel suo calore. Le sue gambe mi avvolgono, tirandomi più forte.

Catturo le sue labbra.

Ho bisogno di lei.

La voglio.

Lei è la mia droga. Incollo le labbra alle sue, la lingua spinge dentro la sua bocca.

I suoi gemiti sono morbidi. I suoi fianchi seguono le mie spinte, la schiena si inarca sul materasso. Il suo corpo si sta aggrappando a me senza usare le mani, mi attrae sempre di più.

"Dante", sussurra il mio nome tra baci accesi, e le sue viscere si stringono, tremando e pulsando.

È abbastanza per farmi venire di nuovo.

Cazzo.

Respirando a fatica, crollo sul letto e rotolo via. Non voglio schiacciare lei o il bambino.

Perderla non è un'opzione. Non ora. Né mai.

CAPITOLO VENTOTTO

NICOLE

"Sei ancora qui", sussurro. Dante è rannicchiato accanto a me.

Non mi aspettavo che restasse tutta la notte nel mio letto. Gli è successo qualcosa, ma non sono sicura di cosa sia.

Non è una sorpresa che abbia dei segreti, ma c'è qualcosa che non mi dice e che mi preoccupa.

"Sì, son qui." Stringe le labbra. "Come ti senti?".

Un debole sorriso mi fa arricciare le labbra. "La nausea sembra essere sparita".

Non so quanto durerà e non mi interessa. In questo momento, sono solo grata di non essere a testa in giù sul gabinetto questa mattina.

"Questo è un bene".

Non sembra entusiasta della mia notizia.

"Cosa c'è?" Non c'è bisogno di conoscerlo bene per vedere che ha molte cose per la testa, quello che non riesco a determinare se è il suo lavoro, la famiglia, o sono io che complico le cose.

"Dovremmo vestirci, fare colazione e poi vorrei che tu venissi nel mio ufficio per qualche minuto. Vorrei mostrarti qualcosa".

Non ho la minima idea di ciò che intende mostrarmi, ma il pensiero di sfuggire ai confini della mia stanza e di esplorare la villa un po' di più è abbastanza piacevole.

"Certo", dico. Mi avvolgo nelle lenzuola e scendo dal letto.

È il primo vero sorriso che vedo di Dante, e ha una fossetta adorabile sulla guancia destra.

Trovo una maglietta e dei pantaloni neri da yoga, li prendo con un paio di mutandine e mi dirigo verso il bagno.

Non c'è la porta. Nemmeno una parvenza di privacy, grazie a Dante e alla sua banda. "Ti dispiace?" Chiedo, facendogli segno di girarsi o almeno di far finta di non fissarmi.

"Sì, è casa mia". Incrocia le braccia sul petto e non tenta nemmeno di distogliere lo sguardo.

"Bene, e questa è la mia camera da letto. Nel caso tu l'abbia dimenticato, mi hai rinchiuso qui dentro". Indico la porta. "È ora che tu te ne vada. E non osare portare le mie lenzuola con te".

Dante si alza in piedi.

Mi sta ascoltando? Sarebbe la prima volta.

"Devo prima vestirmi". Si china, prende i suoi boxer dal pavimento e li infila prima di uscire dalla camera da letto.

Brontolo sottovoce e lascio cadere il lenzuolo.

A volte può essere un tale idiota.

Mi vesto e mi pettino prima di uscire dalla mia camera da letto. Giro la maniglia e metto la testa fuori.

Dante mi sta aspettando.

"Dove sono le guardie?", chiedo.

Non è possibile che abbia lasciato la porta aperta e che non abbia messo una scorta di sicurezza per assicurarsi che non tentassi di scappare.

Anche se, ammettiamolo, quanto lontano potrei andare? Ci sono guardie fuori dalla proprietà e molte altre all'interno. E con il suo sistema di sicurezza, non vado da nessuna parte senza aiuto.

"Occupate". Dante è criptico come sempre.

Mi accompagna in cucina, e io mi siedo mentre lui apre il frigo e prende alcune cose per la colazione: latte, succo d'arancia e panna per il caffè.

Versa una tazza di caffè.

Mi schiarisco la gola. "Hai un'altra tazza?" Me la prendo da sola, se non mi accontenta.

Dante lancia un'occhiata alle mie spalle. "Sei incinta".

"Non sono morta", osservo e scivolo dalla sedia per mettermi accanto a lui. Apro l'anta del mobile e prendo una tazza dal ripiano. "Versami un caffè". Non è una domanda.

"Esigenti, vero?" Dante sorride, ma i suoi occhi non sono pieni di allegria. C'è uno scorcio di oscurità, ma devo ancora capire cosa sta succedendo nella sua testa.

Dante versa il caffè e io torno al tavolo per sedermi.

"Lo sai che la caffeina non è salutare per una donna incinta?"

"Neanche essere tenute prigioniere, eppure questo non ti ha impedito di imprigionarmi sotto il tuo tetto". Ignoro il suo sguardo e prendo la panna e lo zucchero. Il caffè mi piace dolce e non amaro.

Dante mette un cucchiaio di panna ma non di zucchero. Mi sembra ancora pensieroso.

Non ha risposto alla mia osservazione sull'essere sua prigioniera.

In fondo cosa c'è da dire? È vero, e lui lo sa.

———

La colazione è a dir poco imbarazzante. Non credo che abbiamo mai passato così tanto tempo insieme.

Forse non è la colazione ad essere imbarazzante, ma il fatto che abbiamo fatto sesso due volte ieri sera.

Io non ho rimpianti, ma lui sì? D'altra parte, perché altrimenti mi avrebbe comprata e portata a casa? È per questo che mi ha comprata, no? Mi morsico il labbro inferiore mentre mi porta nel suo ufficio.

Non sono sicura di cosa aspettarmi o del perché mi sta conducendo nella sua suite privata chiusa a chiave. Si aspetta un'altra scopata che soddisfi i suoi bisogni?

"Cosa stiamo facendo?" Chiedo mentre apre la porta di vetro smerigliato.

"Voglio farti vedere una cosa".

Dannazione, se è criptico! Serro le labbra e faccio un passo dentro. Sono già sua prigioniera. Se non seguo i suoi ordini, probabilmente mi prenderà con la forza e mi farà entrare.

Il pensiero è allettante, ma non ho voglia di essere manipolata.

Nel suo ufficio c'è una scrivania di mogano scuro e una sedia di pelle nera. Di fronte c'è una sedia per gli ospiti anche se sembra poco consumata. Probabilmente non riceve molte visite.

Le pareti sono di un grigio spento, dipinte su tavole di legno che illuminano una stanza che non ha finestre. C'è un'altra porta nel suo ufficio, di legno, e la maniglia ha la serratura.

Non posso fare a meno di chiedermi quali segreti nasconda dietro quella porta.

Dante fa un passo dietro la sua scrivania e apre il cassetto della scrivania, facendo scorrere il cassetto di legno. Recupera un tablet. Tocca lo schermo, sbloccandolo e aprendo un'app.

Cosa potrebbe mai volermi mostrare?

"Dovresti sederti", dice Dante indicando la sedia degli ospiti di fronte alla sua scrivania.

Anche se preferirei stare in piedi, noto l'oscurità nel suo sguardo e sprofondo nella sedia senza proferire parola.

Lui preme play e mi passa il tablet per guardare un video di mio padre, Rafael e Vance nell'ufficio di papà. "Stai spiando la mia famiglia?".

Il mio stomaco affonda e il cibo che ho mangiato fa le capriole.

"Devi guardare il video", dice Dante. È calmo. Troppo calmo, vista la tristezza che gli attraversa lo sguardo.

Non dovrei essere sorpresa, eppure sono disgustata dal fatto che non ci sia privacy. "Hai messo delle telecamere anche in questa casa? E nella mia camera da letto?"

Mi spingo le mani sulle ginocchia per tenerle ferme, ma sto tremando sia dentro che fuori.

Perché ho pensato di potermi fidare di lui?

Non risponde alla mia domanda, e io mi alzo e lascio cadere il tablet sulla sua scrivania.

"Seduta!" Dante scricchiola come un fulmine, e la sua voce risuona come un tuono sui muri.

Mi lascio cadere di nuovo sulla sedia.

Dante preme play e mi costringe a guardare il video.

"Nicole è stata avvelenata", dice papà.

Vance si alza in piedi, con le mani strette a pugno mentre cammina per la stanza. "Perché? Non potevi sapere che Dante si sarebbe presentato e avrebbe proposto di comprare tua figlia".

"Certo che no. Abbiamo drogato le ragazze, così sono meno propense a combattere. Nicole ha preso una dose più pesante, e quando era fuori con l'ultima partita, abbiamo mescolato un cocktail speciale. Ultimamente è stata un problema. Ha bisogno di disciplina. Pensavo che dopo essere stata malata e sul letto di morte avrebbe capito che stavo facendo il suo bene."

"Ma ora è con i Ricci", dice Rafael. "Dobbiamo rapirla? Portarla a casa?"

"No. Manderemo dei fiori e le nostre condoglianze. Sta già mostrando i sintomi, ne sono sicuro. Sarà morta tra quarantotto ore".

"No. Non è... Non è mio padre". La stanza è calda e soffocante. Mi alzo e scappo via dal suo ufficio.

Mi precipito in fondo al corridoio. La stanza gira e io mi aggrappo al muro per tenermi in piedi.

Non funziona.

Dante è due passi dietro di me e quando crollo a terra lui mi prende fra le sue braccia.

"Non lo farebbe mai", inizio, ma non riesco a finire i miei pensieri. Non ha senso.

Papà mi ha drogato?

No.

Non è un mostro. Dante è il mostro. Deve essere un trucco, un qualche tipo di manipolazione video.

"Lasciami andare". Dante lascia la presa ma io non credo che riuscirei a stare in piedi. La stanza sta girando all'impazzata e il mio stomaco sta facendo le capriole. Dante mi porta in silenzio su per la rampa di scale fino alla mia camera da letto.

Odio il fatto che persino io la stia vedendo come la mia camera da letto. Non è mia. Non dovrebbe essere mia. Non voglio restarci.

Mi stende sopra le lenzuola. Il letto è fatto. Dante ha delle persone che si occupano di ogni suo bisogno. Sono state comprate nello stesso modo in cui sono stata comprata io?

"Ti odio", dico. Sento la morbidezza del letto sotto il mio corpo. È una distrazione accogliente dalle mie gambe gelatinose, ma non voglio stare qui. Non voglio essere sua. Non avrei mai dovuto fare sesso con lui al bar.

È questo che ha dato inizio a questa catastrofe? O era stato il fatto che avevo rubato il suo stupido pick-up?

Si appollaia sul bordo del letto. Non ha detto una parola. Il suo silenzio è peggio di qualsiasi altra cosa. Perché non discute e non reagisce?

Anche se non è stato invitato a sedersi, sembra rilassato, come se tutto fosse suo.

Beh, non lo è.

"È un trucco. Una bugia. Non ti credo."

"Tuo padre è un mostro". Dante mi scosta una ciocca di capelli dagli occhi.

Alzo la mano per scacciare il suo braccio.

Mi afferra il polso e lo tiene saldamente. Mi sta ricordando che è lui che comanda? Come potrei mai dimenticarlo?

I suoi occhi brillano. Dentro ad essi ci vedo la stessa oscurità, la tristezza e la preoccupazione che ho visto ieri sera e di nuovo questa mattina.

"Il video è reale". Dante mi fissa.

"Stiamo facendo venire un medico per esaminarti".

"Mi sento bene". Il mio stomaco fa le bizze ma sospetto che sia più per la notizia che per altro. "Sono stata all'ospedale ieri sera. L'ecografia ha mostrato che era tutto a posto. Il bambino è sano". Appoggio una mano sull'addome.

"Stai perdendo peso e hai fatto fatica a mangiare nelle ultime due settimane. Moreno ha un amico che è uno specialista in questo genere di cose".

Alzo gli occhi al cielo. "Sono incinta. Non è insolito soffrire di nausee mattutine". Mi sposto per sedermi e dimostrargli che sto bene e che lui sta esagerando. Ma la stanza gira.

Probabilmente è legato allo stress. Di sicuro mi sta stressando da morire.

"Bene. Mi farò esaminare dal suo specialista, ma ti dico che sto bene. Mio padre non mi avvelenerebbe".

Lo farebbe?

Mi strofino gli occhi. Bruciano, ma non voglio che lui mi veda piangere.

"Posso avere un po' di privacy?" Faccio un gesto verso la porta.

"Sarò qui fuori se hai bisogno di qualcosa".

Lo schernisco sottovoce. "Sono sicura che sarai lì".

Dante si alza e si dirige fuori dalla stanza, lasciando la porta spalancata.

Mi ha appena dato il permesso di lasciare la stanza? Ha detto che non mi avrebbe più chiuso dentro. Anche se non gli credo, è la prima volta.

Forse vuole solo guardare e assicurarsi che io non crolli e muoia.

C'è uno scalpiccio di passi e Dante sta parlando con qualcuno nel corridoio. Con la porta spalancata, sento che parlano più tranquillamente del solito. Non sono più voci ovattate dietro una porta. Se parlano un po' più forte, riesco a sentire tutto.

Dante esce di scena, ma è ancora nel corridoio.

Faccio scivolare le gambe sul bordo del materasso e mi metto in piedi su gambe traballanti, un piede davanti all'altro.

Ho acidità di stomaco, ma l'attribuisco al video e alle notizie. Il bambino sta bene. Io sto bene. Dante è un ipocondriaco nel migliore dei casi. Nel peggiore, sta cercando di manipolarmi.

Papà non mi farebbe del male. Ne sono sicura.

È un trucco, una forma di manipolazione. Forse dietro ci sono gli uomini di Dante.

Dante vuole che rimanga perché avrò il suo bambino, ma i suoi uomini preferirebbero che me ne andassi. Sono sicura di essere una distrazione dagli affari.

Starò al gioco. Lascerò che il suo stupido dottore mi esamini. Forse se fingo di essere malata, gli uomini che mi sorvegliano abbasseranno le loro difese e potrò scappare.

CAPITOLO VENTINOVE

DANTE

Dopo l'esame approfondito di Nikki da parte del medico, usciamo nel corridoio. Chiudo la porta.

"Qual è la diagnosi?". Chiedo.

Il dottore è un signore anziano e potrebbe facilmente avere l'età di mio padre. I suoi capelli sale e pepe sono corti e ispidi e vanno in ogni direzione. Sembra uno scienziato pazzo con il suo camice bianco e lo stetoscopio al collo.

Ma mi fido di lui.

È altamente raccomandato.

"A parte la gravidanza? È stata avvelenata e ha la febbre C. Arriverei a dire che è stata usata come arma biologica, vista la sua situazione. Chiunque sia stato, voleva che Nikki soffrisse. È un bene che tu l'abbia scoperto".

Ingoio il groppo in gola. "E il bambino?"

"È a rischio di aborto spontaneo, morte prenatale, nel migliore dei casi un parto pre-termine o basso peso alla nascita".

Meraviglioso.

Mi passo una mano tra i capelli. Se non sembro un disastro all'esterno, di sicuro mi sento così internamente.

"Come si cura la febbre C?". Chiedo. "C'è qualcosa che possiamo darle? Antibiotici?" Non posso nemmeno considerare che lei e il bambino possano morire. Non è un'opzione.

Il dottore spinge i suoi occhiali più in alto nel naso.

"Avrà bisogno di un trattamento antibiotico per l'infezione".

Antibiotici. Grazie al cielo per la medicina moderna. "Ma starà bene? Lei e il bambino si riprenderanno completamente?" Questo è quello che ho bisogno di sentire.

"Sì, credo che starà bene, ma dovremo tenere d'occhio la gravidanza. E se gli antibiotici non funzionano e lei continua ad avere sintomi, chiamami subito. Ci sono rari casi in cui il disturbo può cronicizzarsi e ci possono essere rischi maggiori".

———

Finalmente sento che posso respirare di nuovo. Moreno si ferma alla farmacia locale con la prescrizione per Nikki.

Anche se non è ancora fuori pericolo, il solo sapere che starà bene è un sollievo.

Spero solo che il piccolo che cresce dentro di lei possa sopportare l'infezione e il trattamento antibiotico.

Porto un vassoio nella sua camera con cracker, zuppa e un alto bicchiere d'acqua pieno fino all'orlo. È già passata l'ora di pranzo, e lei non ha mangiato dalla colazione. In realtà non ha mangiato molto per tutta la settimana, sono già felice che sia riuscita a digerire pane tostato e marmellata.

Ma non può vivere di toast durante la gravidanza. Ha bisogno di una dieta sana.

"Cosa ha detto il dottore?", chiede Nikki. Si sdraia su un fianco, fissando la finestra.

"Un ciclo di antibiotici dovrebbe bastare".

Rotola sulla schiena, lanciandomi un'occhiata. I suoi capelli scuri si sparpagliano sul cuscino e lei si passa una mano sull'addome. "E il bambino?"

Non voglio mentirle. Ci sono già troppe bugie su cui è costruita la nostra pseudo-relazione. Non so come altro chiamarla. Lei è qui perché lo pretendo, non perché desidera stare con me.

Forse un giorno questo cambierà. In ogni caso la mia priorità è il bambino che sta crescendo dentro di lei.

"Ci sono sempre dei rischi, ma se non prendete gli antibiotici, tu e il bambino morirete". Non si indora la pillola. Voglio che prenda la situazione sul serio. Non che dubito che lo farà, ma lei e quel bambino, il mio bambino, sono la mia responsabilità.

Si siede sul letto. Porto il vassoio d'argento sul comodino e lo appoggio.

Non sono sicuro se restare o no.

"Sono contagiosa?"

"No", rispondo.

Lei rotea gli occhi e sorride. "Allora siediti". Nikki fa un gesto verso lo spazio sul letto accanto a lei. È un invito, e dovrei accettarlo. Dovrei anche essere sepolto nel mio ufficio a lavorare. C'è altro da fare e altri video di sorveglianza da guardare.

Obbedisco alla sua richiesta e mi appollaio sul bordo del suo letto. "Mangia", ordino. Se faccio quello che mi chiede, allora lei farà quello che le dico.

I suoi occhi guardano il vassoio, ma lei non prende niente, nemmeno i cracker.

"Devo darti da mangiare?", chiedo. Se si comporta come una bambina, allora la tratterò come tale.

Prende i cracker e se ne porta uno alle labbra, dando un piccolissimo morso. Non sono sicuro che conti come mangiare, ma lascio perdere.

CAPITOLO TRENTA

NICOLE

Non mi fido di Dante. Come posso, se solo ieri ero in ospedale e stavo bene, e poi questa mattina mi mostra un video in cui mi dice che sto per morire?

Il video è falso. Deve essere stato manipolato.

I suoi uomini avrebbero potuto facilmente crearlo e in qualche modo scambiare le identità per farlo sembrare mio padre.

Conosco papà. Può essere duro e crudele a volte, ma non farebbe mai del male a me, la sua unica figlia.

E il medico. Lavora per Dante e farebbe tutto quello che gli viene ordinato, compreso drogare il suo paziente.

Quando arriveranno le pillole, non le prenderò. Potrei metterle sotto la lingua e buttarle via quando nessuno mi guarda.

Prendo qualche sorso d'acqua dopo aver sgranocchiato dei cracker per accontentare Dante. L'ultima cosa che voglio è che mi costringa a mangiare, non ho fame.

Come può aspettarsi che io abbia voglia di mangiare dopo quello che mi ha detto?

Si alza dal materasso e lo lascio andare.

"Tornerò più tardi a controllarti", dice Dante. Mi preme un bacio sulla fronte.

Cerco di non trasalire.

Dante esce dalla stanza e chiude la porta. Non sento lo scatto della serratura.

Mi affretto a scendere dal letto e a vestirmi.

Sento dei passi sul corridoio. Le voci sono attutite dietro i muri spessi.

Dante sta parlando con una delle guardie?

Stanno parlando di me?

Ingoio il resto del bicchiere d'acqua. Ho più sete che fame, ma non voglio che Dante provi un briciolo di soddisfazione per il fatto che sono riuscita ad assumere liquidi o cibo.

Se gli importa qualcosa, è per il bambino che porto in grembo. Non gliene frega niente di me.

Sento un colpo secco alla porta, e corro di nuovo verso il letto.

"La tua medicina", dice Dante, mostrandomi la borsa della farmacia. Apre la busta di carta spillata, strappa la parte superiore e la capovolge per far cadere il flacone di pillole sul materasso.

Cerco di prendere la bottiglia, ma lui la prende prima che io possa esaminare il flacone.

Legge le istruzioni e poi mi dà una pillola.

Prendo il bicchiere d'acqua quasi vuoto e lui lo porta al lavandino del bagno per riempirlo. "Dovrai bere un bicchiere d'acqua pieno ad ogni dose".

"Cosa ha prescritto il dottore?". Chiedo, prendendo il flacone delle pillole.

Doxiciclina.

Non ne ho mai sentito parlare, ma sembra legittimo, come un antibiotico.

Non mi darebbe una pillola per farmi abortire, vero?

"Ecco." Dante mi porge il bicchiere d'acqua. "Le istruzioni dicono anche che potrebbe sconvolgerti lo stomaco. Ti faccio preparare qualcosa da mangiare dal nostro cuoco, Savino. Pensi di riuscire a digerire il pranzo?".

"Il pane tostato andrà bene", dico. Dubito di poter tollerare molto altro.

"Prendi la tua pillola", dice Dante. È in piedi sopra di me, in bilico.

Faccio finta di mettermi la pillola in bocca, nascondendola nella mano mentre abbasso il bicchiere d'acqua.

I suoi occhi si stringono.

Non lo sa.

Non poteva saperlo.

Dante mi afferra la mano e apre il pugno. La pillola cade sulle lenzuola sotto di me.

Merda.

I suoi occhi sono più scuri di quanto li abbia mai visti. "Vuoi morire? Forse a te non interessa cosa succede a mio figlio, ma a me sì", ringhia e mi afferra il mento.

Mi tiro indietro, ma lui non mi lascia andare.

Vorrei dirgli di lasciarmi, ma lui mi tiene la mascella inferiore aperta. Non mi piace essere manipolata.

"Prendi la tua dannata pillola". Me la infila in bocca e mi chiude le labbra. "Ingoia!" ordina.

Deglutisco, ma la pillola è ancora sulla mia lingua. È amara e costringe il mio viso a raggrinzirsi. Voglio aprire la bocca per il mio bicchiere d'acqua, che è vuoto.

"Apri la bocca".

Faccio rotolare la pillola in bocca per infilarla nella tasca tra i denti e la mascella. Se mi chiede di alzare la lingua, non la vedrà.

Quando non faccio abbastanza in fretta quello che mi dice, mi apre la bocca. Le sue dita esplorano le labbra mentre con l'altra mano mi tiene ferma la mascella.

Un'ispezione visiva non è sufficiente per lui.

Cerco di mordere, ma lui mi afferra la lingua.

Bastardo!

Il suo indice passa tra le mie gengive, scoprendo la pillola.

"Moreno!" Dante grida il suo secondo.

Sono fottuta.

Moreno si precipita nella mia camera da letto. Aveva percepito l'urgenza nel tono di Dante?

"Non sta prendendo la sua medicina", dice Dante. La pillola bagnata e appiccicosa che ha iniziato a dissolversi è tra le sue dita.

"Non mi piacciono le pillole". È una bugia, ma sono disposto a provare qualsiasi cosa per far sì che i due scagnozzi si ritirino.

La mia bugia non funziona.

"Vuoi tenerla ferma o lo faccio io, capo?", chiede Moreno.

Dante sale sul letto e mi spinge sulla schiena. Prende il comando. È energico e non è minimamente gentile o delicato con i suoi movimenti bruschi.

I suoi fianchi mi tengono bloccata, e cerco di ignorare il fatto che il suo inguine è vicino al mio.

Mi afferra le braccia e mi blocca con entrambe le mani tenute sopra la testa.

Mi sta dimostrando che è lui a comandare. Avrebbe potuto semplicemente far cadere la pillola in un bicchiere d'acqua e costringermi a mandarla giù.

Vuole che io veda che lui ha il controllo.

Moreno mi tiene la mascella aperta e Dante, con un solo dito, mi porta la pillola in bocca.

Inarco la schiena lottando contro Dante, non volendo prendere la sua stupida medicina.

Con il suo corpo stretto al mio, sento solo il suo calore e sento il suo odore selvaggio. Lui è un animale e io sono il suo giocattolo con cui può giocare e fare quello che vuole.

Dante spinge la pillola bagnata e che si sta già dissolvendo verso il fondo della gola prima che io possa sputarla.

Tossisco e vomito. Il sapore è aspro, e si scioglie nella parte posteriore della mia gola, bruciando mentre scende. Deglutisco per sbarazzarmi dell'amaro e della sensazione di formicolio.

Dante scende dal letto e si alza in piedi, scuotendo la testa. "Ti avrei fatto uscire, in giardino. Dovrai guadagnarti la libertà".

"Libertà?" Mi siedo e spingo le gambe oltre la sponda del letto. "Andare fuori con le guardie che controllano ogni mia mossa e rinchiusi nel vostro recinto non è libertà".

Stringe le labbra ma non risponde.

Perché, credevo davvero che l'avrebbe fatto?

Moreno va tranquillamente in bagno con il mio bicchiere d'acqua vuoto e lo riempie. Lo riporta sul comodino prima di fare un passo indietro e ritirarsi nel corridoio.

Ha fatto bene ad andarsene.

Almeno lui può. Io sono bloccata nella mia torre come una principessa e lui è il drago.

Dante si avvicina, invadendo il mio spazio personale. Mi intrappola contro il letto, ma questa volta è in piedi, non mi blocca. Il mio corpo reagisce alla sua presenza. Di nuovo.

Non voglio sentire l'elettricità sfrigolare tra noi. Se fosse per me, non sentirei nulla.

"Non hai idea di tutto quello che ho fatto per te", dice Dante.

Il mio sguardo cade sulle sue labbra e poi sul suo collo. La sua camicia nera è sbottonata quanto basta per rivelare uno scorcio del suo petto, e non posso fare a meno di fissarlo.

Mentalmente, lo sto spogliando.

Non dovrei.

Ho bisogno di concentrarmi per portare il mio culo via da questa prigione.

Ma tutto quello che voglio è che lui mi baci.

Che mi adori.

Che mi comandi.

Che mi ricordi che sono sua e solo sua. È chiedere troppo?

Il suo dito mi solleva la mascella far sì che i miei occhi incontrino i suoi. La rabbia è scomparsa e Dante si china, sfiorando le sue labbra sulle mie.

Il suo bacio è ruvido.

Il suo tocco è energico mentre mi spinge di nuovo giù sul materasso e si mette a cavallo dei miei fianchi.

Solo pochi minuti fa eravamo in questa stessa posizione, e mentre lui mi aveva sopraffatta e fatta arrabbiare, ora mi sento solo calda e calma.

I suoi baci hanno il potere di mettermi in ginocchio.

La sua autorità mi spaventa. Non per chi è o per cosa fa, ma per come mi fa sentire. Dovrei odiare Dante. Voglio odiarlo.

Voglio anche che mi scopi.

Cosa c'è di sbagliato in me?

Le sue labbra scorrono lungo il mio collo e le sue dita sono veloci e ruvide mentre mi solleva la camicia e apre il bottone dei pantaloni.

La porta della camera da letto è spalancata, ma a Dante non sembra importare. Forse gli piace sapere che può reclamarmi davanti ai suoi uomini?

Il pensiero manda un brivido di eccitazione che scorre nel mio corpo.

Sono già bagnata.

"Dovrei punirti", Dante raschia nel mio orecchio. Mi ribalta e mi tira giù i jeans sul sedere.

"Punirmi, come?" Ho quasi paura di chiederlo. Mi ha già costretto a ingoiare quella stupida pillola.

"Mettiti a quattro zampe", comanda e solleva i miei fianchi.

Faccio quello che mi viene detto. La cerniera dei suoi pantaloni scivola giù e io guardo oltre la mia spalla. Voglio vederlo.

Il suo cazzo è luccicante e duro. Dante accarezza il suo membro ispessito e spinge la mia testa in avanti, piegandola verso il basso mentre lui spinge con forza dentro la mia figa.

Un lamento mi sfugge dalle labbra.

Non fa male. Mi riempie e mi fa sentire piena mentre lo accolgo nel mio calore. Ogni spinta è lenta e prolungata.

È una pura tortura.

"Più forte", sussurro, avendo bisogno di più e volendo che lui vada più veloce.

Non mi ascolta. Ogni colpo è lento e deliziosamente doloroso.

Palpito e pulso intorno al suo grosso cazzo.

"Per favore", imploro. Le mie mani si stringono in pugni mentre le lenzuola sono tutto ciò che posso afferrare.

Dante mi spinge la testa contro il letto mentre mi scopa.

Finalmente mi dà quello che voglio. Il ritmo aumenta e il mio cuore sbatte contro la mia cassa toracica.

Le mie interiora si stringono.

"Non ancora!" Comanda Dante. "Non osare venire".

"Cazzo", mormoro sottovoce. Sono già così vicina, e lui mi sta stuzzicando a non finire.

Si tira fuori proprio quando raggiungo il limite.

Rantolo.

"Che cazzo era quello?" Sto ansimando, cercando disperatamente l'aria, e lui mi ribalta sulla schiena.

C'è un sorriso subdolo che attraversa i suoi lineamenti e un luccichio scuro nei suoi occhi. "Sei mia", ringhia e si porta le mie gambe sulle sue spalle mentre si spinge dentro di me.

È duro e ruvido, e le mie interiora pulsano di nuovo.

"Per favore", imploro, non volendo che si allontani di nuovo. Sto armeggiando sull'orlo dell'oblio, stringendo e cercando di far durare il momento.

"Dimmi che sei mia e puoi venire".

Gemo mentre la persistente sensazione di calore si trasforma in scintille come il primo sfrigolio dei fuochi d'artificio prima che vengano lanciati nel cielo. "Dante", lo supplico.

I suoi movimenti sono lenti.

Sto delirando.

Mi sta uccidendo.

"Sono tua. Tutta tua". Può fare quello che vuole con me, proprio qui. In questo momento.

"Brava ragazza". Le sue spinte si accelerano mentre spinge più a fondo nel mio calore.

Sono proprio lì sull'orlo, senza nemmeno fingere di voler mettere a tacere l'orgasmo imminente mentre mi squarcia il corpo come un fuoco che brucia di intensità mentre lui mi penetra.

Uno.

Due.

Altri tre colpi, e lui si sta riversando dentro il mio calore mentre pulso e mi stringo, tirandolo più stretto, più forte, più vicino.

Il mio cuore e i nostri respiri affannosi sono tutto ciò che sento mentre lui rotola giù e sul letto accanto a me.

CAPITOLO TRENTUNO

DANTE

Voglio urlare contro Nicole. La rabbia scorre e brucia come un inferno.

Qual è il suo problema?

Perché dovrebbe fingere di prendere la sua medicina? Dopo tutto quello che ho fatto per proteggerla, lei crede ancora che sia io il mostro.

Questo non vuol dire che sono un santo.

Non lo sono. Ho ucciso degli uomini.

Ma anche io ho una linea che non supererei, ed è quella di ferire una donna innocente, specialmente una che è incinta di mio figlio.

Non si rende conto che non ho intenzione di farle del male? La tengo qui per la sua protezione.

Suo padre era disposto ad avvelenarla, torturarla e venderla nel tentativo di farla sposare qualsiasi uomo per il giusto prezzo.

C'è un bambino che cresce dentro di lei.

Il mio bambino.

Mi sposto su un fianco e appoggio la mano sul suo addome. Si vede appena.

Devo fare di più.

Se questo significa costringerla a mangiare, così sia. Qualunque cosa serva per far sì che mio figlio o mia figlia sia in salute. Anche se Nikki mi odia per questo, che altra scelta c'è?

Un silenzio pesante cade sulla stanza prima che mi spinga finalmente fuori dal materasso e mi rimetta i vestiti. I miei uomini non hanno bisogno di vedere il mio culo nudo o altro, anche se abbiamo lasciato la porta aperta.

Bene.

Fargli sapere che è mia.

È off-limits per qualsiasi uomo che la guardi.

Lo ucciderò.

I miei uomini sanno bene che non possono tradirmi. Ma questo non mi ha impedito di scoparla con la porta spalancata perché tutti loro potessero assistere.

"Vestiti", ordino.

Nikki non si muove dal letto. I suoi capelli sono disposti a ventaglio sulle lenzuola bianche di seta. Ha un aspetto angelico.

È tutt'altro che un angelo. Suo padre è Gino DeLuca.

Eppure l'ho fatta entrare in casa mia. L'ho protetta. L'ho devastata.

L'apprezzamento che ottengo è nullo.

Vuoto.

Niente.

"Alzati!" Sono stanco che mi ignori. Sono il fottuto re di questa casa e di questa famiglia. Lei mi ascolterà. Deve obbedirmi. E deve fare quello che le ordino.

Le si blocca il respiro in gola e si alza dal letto, portandosi dietro le lenzuola. Come se non avessi appena visto ogni grammo della sua carne nuda.

Da quando è timida?

È una recita? La guardo mentre si affretta a raccogliere i suoi vestiti e si precipita in bagno.

Non c'è ancora la porta, e posso vedere ogni centimetro del suo corpo ma faccio finta che non mi importi. Come se la sua nudità non significasse nulla per me quando tutto quello che voglio fare è ributtarla sul letto e scoparla di nuovo.

Uno sguardo a lei e mi viene duro.

Aspetto vicino alla porta aperta della camera da letto e mi sposto in piedi. Lei è una distrazione impossibile. Nikki mi farà uccidere se non sto attento.

Ma so che ne vale la pena.

Ne vale la pena.

Si è messa la maglietta che indossava prima, ma è ovvio che non indossa il reggiseno.

Mi si serra la mascella anche se cerco di non fissarla.

I jeans le fasciano le curve in ogni modo delizioso possibile. Esce dal bagno, senza dare l'idea di essere stata appena scopata.

Come diavolo fa? Gioca con il mio cuore e il mio cazzo.

"Sono vestita", dice e indica i vestiti che indossa.

"Bene. Ti porto fuori in giardino".

Moreno ha ragione. Una donna incinta ha bisogno del sole e, soprattutto, della vitamina D.

Il suo labbro inferiore si stringe tra i denti e mi segue fuori dalla camera da letto. Lascio la porta aperta. Non ha senso chiuderla o tenere fuori qualcun altro.

La mia mano cade sul suo fondoschiena, trovando il punto perfetto per appoggiarsi mentre la conduco giù per le scale e attraverso la cucina.

C'è una porta sul retro, un ingresso che conduce direttamente al giardino. Ha una piccola recinzione, che potrebbe essere facilmente scavalcata, ma c'è un cancello più alto appena fuori, con guardie al palo e lungo la linea di proprietà.

Non andrebbe da nessuna parte anche se cercasse di scappare.

"Ho pensato che un po' di sole ti avrebbe fatto bene", dico mentre apro la porta e la lascio uscire per prima.

"Mi stai dicendo che sono pallida?"

All'inizio è esitante mentre esce sui gradini di pietra.

È l'incredulità?

La seguo fuori e chiudo la porta dietro di noi. Non ha senso far uscire l'aria condizionata.

Le sue spalle si rilassano e la sua testa si spinge all'indietro, con gli occhi chiusi. Si crogiola nel calore luminoso del sole che splende sopra di lei. Il cielo è blu senza nemmeno una nuvola sopra o lungo l'orizzonte.

Aggirandola, mi incammino verso la panchina di legno e mi siedo. Ci sono fiori decorativi che crescono lungo la recinzione, ma la maggior parte dello spazio è occupato da verdure ed erbe per cucinare e preparare i pasti.

Mi siedo su una panchina e la studio. Le sue labbra si arricciano in un debole sorriso. Sembra beata, quasi felice.

La mia intenzione non è mai stata quella di tenerla qui, rinchiusa.

Ma è incinta di mio figlio. Quale altra opzione c'è?

Dopo alcuni minuti, viene a sedersi accanto a me sulla panchina. Le dita sfiorano il bordo di legno, afferrano il sedile. "Grazie", sussurra.

"Mi piace pensare di potermi fidare di te, Nicole".

Lei rabbrividisce, e non riesco a capire se è involontario o se ha freddo. Il sole è caldo, ma io ho anche una camicia abbottonata e sono vestito di tutto punto, per affari.

"Per favore, chiamami Nikki. Solo papà mi chiama Nicole". La sua voce è distante, i suoi occhi fissi sui fiori. O forse è il piccolo recinto a qualche metro di distanza al bordo del giardino.

C'è qualcosa nel modo in cui dice Nicole, il modo in cui il suo naso si arriccia e il suo labbro inferiore si sporge che insinua che non le piace.

"Nikki, vorrei fidarmi di te. Siamo inevitabilmente legati insieme d'ora in poi grazie al bambino. Il mio bambino", dico.

Le sistemo una ciocca di capelli dietro l'orecchio.

"Un bambino non dovrebbe crescere senza due genitori. E tuo padre ha dato la sua benedizione a sposarci".

CAPITOLO TRENTADUE

NICOLE

"Cosa?" Giuro che gli occhi mi schizzano fuori dalla testa, e salto sulla panchina fuori in giardino.

Ha davvero appena proposto un matrimonio?

"È stata la peggiore proposta nella storia delle proposte", dico io.

E da quando ha parlato con papà di sposarmi? Sa che sono incinta?

"Beh, non ho esattamente pianificato nulla di tutto questo, nel caso non l'avessi notato". Dante è veloce a rispondere.

Incrocio le braccia sul petto. "Tu non vuoi sposarmi". Ci sono una dozzina di ragioni per cui posso pensare che questa sia una pessima idea. Vuole che le snoccioli?

"Non voglio che mio figlio non conosca suo padre, e sono abbastanza sicuro che alla prima occasione che avrai te ne andrai".

Rido sottovoce. Crede che un anello cambierà le cose?

"No. Non ti sposerò. Non ti sposerò mai". È pazzo se pensa che io voglia stare qui, con lui, per sempre. "Nel caso tu l'abbia dimenticato, sono tua prigioniera, Dante".

La sua mascella è serrata e le sue labbra si assottigliano mentre mi fissa. "Sei trattata come una principessa. Non come una prigioniera. Vuoi vedere la cantina dove tengo gli uomini che mi derubano?".

La mia bocca si secca.

"È di questo che si tratta? Il tuo stupido pick-up". Non posso credere che non abbia lasciato perdere. Non sapevo chi fosse o non avrei rischiato di farlo arrabbiare.

"No, si tratta del fatto che ti ho comprata da tuo padre".

Ho sentito bene? "Cosa?!" Chiedo.

No.

Non ho potuto sentire quello che ha detto. O meglio, non intendeva dire quello che è venuto fuori.

Scuotendo la testa, faccio un passo indietro, il bordo dei miei piedi toccano le assi di legno che fanno da confine per l'orto.

"Stai mentendo". Qualunque cosa avesse avuto intenzione di dire, non gli credo. Non posso credergli. Perché altrimenti significherebbe la cosa peggiore in assoluto che si possa immaginare, che dietro il mio rapimento c'è mio padre.

Non può essere vero.

Papà non mi avrebbe fatto rapire, sequestrare, umiliare e vendere.

"No", dico, scuotendo la testa con sgomento.

È l'unica parola che posso dire. L'unica parola che continuo a ripetere perché non voglio crederci.

Non posso crederci.

"Gli ho giurato che non te l'avrei detto", Dante ribolle. Si alza e cammina sui marciapiedi, i suoi piedi calpestano i mattoni, ogni tonfo è goffo e pesante e la rabbia gli esce da tutti i pori.

"Non posso, Dante, non posso..." dico e mi precipito verso la porta della cucina.

Non posso sentire le sue scuse.

Non voglio sentirlo, non voglio crederci. Niente di tutto ciò può essere vero, perché se lo è, non ho più certezze in questo mondo.

Non mi insegue.

O se lo fa, sono più veloce di lui e non lo sento.

Corro attraverso la cucina e poi lungo il corridoio fino all'ingresso. Prendo un paio di scarpe lasciate vicino alla porta. Sono di due taglie più grandi, ma non mi importa. Me le infilo e corro fuori.

Una delle guardie mi dice qualcosa, ma io non lo sento. È tutto confuso, un vortice mentre corro verso il cancello.

I miei piedi scricchiolano sulla ghiaia e poi sull'erba. I cancelli di ferro metallico sono alti e appuntiti, pericolosi da scalare.

"Per favore", imploro, mentre corro verso l'entrata chiusa a chiave.

Cosa mi fa pensare che mi lasceranno andare?

Perché dovrei pensare che mi darà mai la libertà?

La guardia al cancello prende il telefono mentre mi avvicino.

"Sì, signore", dice la guardia e fa scattare la serratura.

Il cancello si apre lentamente ma non mi interessa. Lo sorpasso non appena si allarga di pochi centimetri, abbastanza per lasciarmi libera. Non posso rischiare che ci ripensi e mi trascini indietro.

CAPITOLO TRENTATRÉ

DANTE

"Aprite il cancello", dico alla guardia che sta al palo.

Dalla finestra d'ingresso, guardo Nikki uscire. Si sposta oltre il ferro battuto e corre.

Quanto lontano arriverà?

Dove andrà? Tornerà da suo padre che l'ha avvelenata?

Moreno viene verso di me e giuro che sta cercando di nascondere un sorriso compiaciuto.

"Non dire una parola", avverto. Non sono dell'umore giusto per affrontare le sue stronzate o quelle di chiunque altro oggi.

"Possiamo andare al club, trovare una bella ragazza per distrarti", suggerisce.

Sbuffo sottovoce. "È questo che mi ha messo in questo dannato casino".

Lui era lì. Moreno dovrebbe ricordare la notte in cui ho incontrato Nikki. Anche se è stato bravo a fingere di non notare che stavamo scopando sui divanetti.

"Voglio un paio di occhi su di lei in ogni momento", dico. "È per la sua protezione".

Moreno non mette in dubbio le mie motivazioni. Lo sa bene e fa un cenno secco. "Subito. Vuoi che mandi uno dei nostri?".

"Voglio che lo faccia tu", dico. Con passi pesanti, entro nel mio ufficio.

Mi gira la testa e sono quasi pronto a vomitare.

Perché diavolo l'ho lasciata andare? A cosa stavo pensando?

Sbottono i primi due bottoni della camicia. Il sudore mi cola sulla fronte. Diavolo, questa stanza è soffocante.

"Capo, mi riconoscerà".

Non ha torto. Nikki ha passato abbastanza tempo intorno a Moreno per sapere che l'ho mandato a seguirla.

"Bene." Non nascondo che la stiamo tenendo d'occhio. Se n'è andata con mio figlio dopotutto.

Esala un forte sospiro. "Sai che farei qualsiasi cosa tu mi chieda, capo. Voglio solo mettere in chiaro che per me è una cattiva idea".

Nel mio ufficio, sul lungo mobile di legno contro il muro, c'è un decanter con del whisky. Rovescio un bicchiere e verso il liquido ambrato.

"Annotato". Non mi interessa cosa pensa. Forse dovrei. È l'unica persona di cui mi fido. Rimane il fatto che sono io che faccio le regole e le faccio rispettare.

Faccio roteare il liquido intorno al bordo del bicchiere prima di mandarlo giù in un solo sorso. Il bruciore mentre scivola giù per la gola è l'unica soddisfazione che ho di oggi.

"Cosa stai aspettando?", dico da sopra la spalla, senza nemmeno voltarmi a guardarlo.

"Bene. Farò rapporto su dove si trova", dice Moreno. Esce dall'ufficio.

Ruberà un altro veicolo nel tentativo di fuggire?

Mi passo una mano tra i capelli prima di versare un secondo bicchiere di whisky: i morsi della rabbia mi strappano le budella.

Perché l'ho lasciata andare?

Metto giù il drink e lancio il bicchiere dall'altra parte della stanza. Si frantuma quando colpisce il muro e scende sul pavimento in piccoli frammenti.

Con esso, il mio cuore si scheggia.

Nikki non c'è più.

La sconfitta mi schiaccia ma non mi arrendo.

La riporterò indietro, anche se scalciante e urlante.

CAPITOLO TRENTAQUATTRO

NICOLE

Sembra surreale, una fuga.

Si può parlare di fuga quando il tuo rapitore sblocca il cancello e ti lascia andare?

Perché mi ha lasciato andare via? Dante aveva capito che non ero sua e che non lo sarei mai stata? Cosa voleva dire che mi aveva comprato da mio padre?

No, era un trucco. Doveva essere una tattica di manipolazione usata per instillare paura e sfiducia.

Beh, di sicuro non mi fido di Dante.

Non sono ancora sicura del perché mi abbia lasciato andare. Forse è stato un momento di debolezza. In ogni caso, non importa.

Mi affretto lungo il sentiero che attraversa la foresta e taglio sul fianco della montagna, dirigendomi verso la città. Seguo il sentiero e mantengo un ritmo costante.

Ogni tanto mi guardo alle spalle. Sento dei rumori in lontananza, il fruscio degli alberi e dei rami. Non riesco a capire se è qualcuno che mi segue o il vento.

Probabilmente è uno degli scagnozzi di Dante.

Faccio una smorfia mentre mi affretto ad attraversare il letto del fiume. Le mie scarpe troppo grandi sono ormai sommerse dall'acqua.

Fantastico. Non posso toglierle senza rischiare di graffiarmi la pianta dei piedi, ma ogni passo diventa più rumoroso. In lontananza, vedo una capanna di legno e un'insegna che oscilla con il vento: La locanda dei taglialegna.

————

Mi siedo al bancone e bevo un bicchiere d'acqua.

"Posso offrirti qualcosa da mangiare?", chiede il signore dietro il bancone.

Non ho soldi. Anche se immagino che se chiamassi papà, lui verrebbe a salvarmi e a pagare il cibo che consumo. La verità è che non ho fame.

"Hai un telefono che posso usare?". Chiedo.

Gli occhi dell'uomo si stringono appena un po'. È alto, con spalle larghe e una barba folta e cespugliosa. Se dovessi indovinare, è il proprietario del posto.

"Ti si è rotta la macchina?", chiede. "Posso farla rimorchiare da uno dei miei amici".

Sorseggio l'acqua ma la bocca è ancora secca. Le mie labbra sembrano il deserto. "No, sono solo un po' in difficoltà". Non voglio approfondire.

La fiducia è una questione delicata in questo momento, noto la fede nuziale sulla sua mano.

Peccato che sia off-limits.

Sono anche incinta.

Probabilmente sono gli ormoni che imperversano nel mio corpo che mi fanno venire voglia di scopare qualsiasi uomo che respiri.

Beh, non è esattamente vero. Non voglio scopare Dante. Almeno non di nuovo.

Ok, forse solo non in questo momento.

"Capito." Sorride calorosamente e tira fuori il suo cellulare dalla tasca. "Mi chiamo Lincoln, comunque. Fammi un fischio quando hai finito". Sblocca il suo cellulare e me lo passa.

"Grazie."

Lo guardo attraversare il ristorante. Nel tavolo all'angolo c'è una donna sulla ventina, forse sulla trentina. Sono terribile nell'indovinare l'età, ma è bella e stranamente familiare.

Non so perché. Non dovrei conoscere nessuno di questa città.

Eppure, mi sembra di conoscerla.

L'ho già vista prima.

Non la ricollego ai miei giorni di prigionia. Almeno, non credo.

Sorride e ride a Lincoln. La ragazza è bella, splendida, e probabilmente ha vinto concorsi di bellezza e avrebbe potuto essere una modella.

Accanto a lei ci sono due piccoli.

No, non era lì.

Lei alza lo sguardo verso di me e sorride calorosamente. Mi sento come se fossi stata sorpresa a fissarla e distolgo lo sguardo. Digito il numero di papà e aspetto che risponda.

"Lincoln, che diavolo vuoi?" La voce di papà risuona nel telefono.

Come fa a conoscere Lincoln?

"Papà, sono io, Nicole", dico. Quando uso il nome che preferisce, un brivido mi attraversa, l'unico nome con cui mi chiama.

"Nicole, cara. Dove sei? Perché sei in compagnia di una melma come Lincoln? È con lui che Dante si intrattiene?".

Mi strofino la fronte, frustrata dal fatto che papà non spende neanche due secondi per preoccuparsi di me, tanto da chiedermi come sto. Aveva almeno intenzione di venire a salvarmi o di lasciarmi a marcire e morire con Dante?

"Papà, devi mandare una macchina a prendermi. Sono al Lumberjack Shack".

Lui sbuffa. "Certo, mia cara. Manderò Vance. Perché diavolo la mia principessa sta con uomini del genere? Gli uomini che Dante frequenta sono pericolosi, Nicole. Non fidarti di loro".

Prima che io possa dire altro, la linea cade. Papà chiude la chiamata senza neanche un saluto.

Sospiro e scendo dallo sgabello, camminando con le scarpe bagnate verso Lincoln e, presumo, la sua famiglia.

"Tutto bene? Hai trovato chi ti serve?" Chiede Lincoln.

"Sì, grazie", dico, e gli passo il suo telefono.

La donna sorride a Lincoln e consegna la bambina a quello che presumo essere suo marito. Si allontana dal tavolo e mi guida delicatamente il braccio mentre mi porta via.

"Stai bene?", chiede. La sua voce è morbida e gentile, amichevole. Il suo sorriso sembra genuino e i suoi occhi brillano di qualcosa che non riconosco. Preoccupazione? Non sono sicura di aver mai conosciuto quell'espressione senza che fosse incisa nella paura.

Lei dà un'occhiata alle mie scarpe fradice. Non sono mie, specialmente dato il mio abbigliamento. "Hai bisogno di aiuto?", si offre. "Sono Harper".

Ho ascoltato l'avvertimento di papà. Non ci si può fidare di questa gente.

"Sto bene. Suo marito mi ha prestato il telefono. La mia famiglia sarà presto qui a prendermi". Indico la porta. "Posso aspettare fuori".

Forse sarebbe meglio se aspettassi fuori e mettessi un po' di distanza tra queste persone. Sembrano gentili, ma le apparenze possono ingannare. L'ho imparato a mie spese da Dante.

Mi ha messa incinta, lo stronzo.

Non che mi preoccupi che Lincoln o Harper facciano lo stesso. Sembrano felici, piacevoli, e forse in un'altra vita, avremmo potuto essere amici.

Ma certamente non oggi.

La porta del ristorante cigola e si apre. Mi giro sui tacchi e i miei piedi inciampano. Harper mi afferra il gomito e l'anca per non farmi cadere a terra.

Vorrei borbottare dei ringraziamenti, ma nemmeno quelle parole escono quando fisso l'uomo che entra nella tavola calda.

Che diavolo ci fa Moreno qui?

Mi scrollo dalla presa della donna.

"Dovresti andartene", sussurro. Non sono sicura se lo sto dicendo a Harper o a Moreno. Le parole riempiono l'aria, e lei fa un passo indietro e si affretta a tornare verso il posto dove era seduta prima.

"Che diavolo ci fai qui, Moreno?" Lincoln riconsegna rapidamente la sua bambina ad Harper e si precipita verso la porta per affrontarlo.

Sono senza parole per il fatto che si conoscono e non sembrano in ottimi rapporti. Pensavo che ci fossero solo due famiglie mafiose in faida a Breckenridge. Lincoln non fa parte della famiglia DeLuca e non sembra essere in buoni rapporti nemmeno con i Ricci.

"Sono venuto a mangiare".

"Col cavolo!" Lincoln indica la porta. "Non sei il benvenuto. Ho passato mesi a far ristrutturare questo posto per colpa di uomini come te", dice Lincoln.

Moreno fa un sorriso di traverso. "Può essere, ma non sono stati i miei uomini a fare a pezzi i tuoi affari. Quei bastardi non lavorano per il mio capo, e io non lavoro per te. Ho degli ordini e li sto eseguendo".

I suoi occhi rimangono su di me, e lo sguardo di Lincoln lo segue rapidamente.

"Oh, per la miseria!" Getta le mani in aria. "È una delle tue?" Le sue guance bruciano di rosso.

"Non sono di nessuno", dico, ma nessuno dei due mi sente. Potrei anche essere invisibile.

CAPITOLO TRENTACINQUE

DANTE

"Cosa vuol dire che l'hai persa?" Avvicino il cellulare all'orecchio mentre cammino lungo il corridoio.

Sembra che non riesca a stare fermo abbastanza a lungo per finire qualsiasi lavoro. Sono così da quando l'ho lasciata andare via.

"Vance è andato a prenderla. Immagino che abbia chiamato paparino caro", dice Moreno.

È tutto quello che ho bisogno di sentire. I piedi battono il pavimento e apro la porta dell'ufficio.

Mi accascio sulla sedia dietro la scrivania e tiro fuori il tablet che è collegato alla videosorveglianza della casa di DeLuca.

Sporgendomi indietro sulla sedia, una mano si aggrappa al tablet e l'altra al telefono. "Beh, non è ancora tornata a casa".

Sfoglio una mezza dozzina di schermi con diverse angolazioni e punti di vista dentro e fuori la proprietà di Gino. Dovrei avere una vista decente del suo arrivo, se è lì che Vance la sta portando.

Il dubbio mi pesa sul cuore.

E se la rimandassero dove tengono le altre ragazzee la terrorizzassero di nuovo?

Pensare pensieri così orribili mi causerà solo preoccupazioni inutili. Se non fosse per il figlio che porta in grembo, non sono sicuro che sarei così deciso a correrle dietro.

È questa l'unica ragione per cui la voglio qui con me?

"Sto seguendo Vance, ma sembra che stiano tornando da Gino", dice Moreno.

"Torna qui. Non ha senso che tu li segua oltre". Tengo d'occhio il tablet, scorrendo tra le schermate, nel caso ci sia qualcosa su cui valga la pena indagare.

"Certo, capo".

Chiudo la chiamata e il telefono cade con un tonfo sulla scrivania. Ci vuole ogni grammo di forza per non lanciarlo dall'altra parte della stanza.

Le dita mi prudono per la rabbia e l'ansia. Stringo le mani a pugno ed espiro forte dal naso.

L'ufficio è caldo.

Con due mani, afferro il tablet e fisso lo schermo e le molteplici angolazioni delle telecamere da diversi luoghi vicini alla proprietà DeLuca.

L'unica stanza che ha un microfono è l'ufficio di Gino, ed è vuoto.

Sfoglio i filmati, alla ricerca di qualsiasi cosa che possa darmi un indizio.

Gino è in piedi sulla veranda, con le braccia conserte sul petto. Sta aspettando che Nikki arrivi a casa.

Guardo altre due telecamere e vedo il cancello che si apre. Dietro di esso, un SUV aspetta di entrare.

Non riesco a vedere l'autista, né tanto meno chi c'è nel veicolo, ma suppongo che sia Nikki, e abbastanza presto lo saprò senza dubbio.

Il SUV si ferma bruscamente all'entrata principale, e la porta del passeggero si apre. Il video sfarfalla, ma torna subito nitido.

Nikki scende dal SUV e si trova di fronte a suo padre. Lui è più alto di lei, ancora di più visto che sta in piedi su un gradino.

Ha le spalle rilassate e la testa bassa. Non posso leggere le sue labbra, figuriamoci vederle dalla mia angolazione attuale.

Non ci sono abbracci. Nessun saluto da quello che riesco a capire. Il video è di ottima qualità, ma non è perfetto. C'è la luce del sole che interferisce, e il loro posizionamento non mi dà alcun vantaggio.

Gino indica l'entrata della porta, e mi sembra che lei stia entrando. Forse è tutto nella mia testa, ma mi immagino l'impertinenza che sfrigola da Nikki.

Guardo altri video e alzo lo sguardo quando sento dei passi avvicinarsi al mio ufficio.

Moreno entra e chiude la porta alle sue spalle.

A malapena riesco a stabilire un contatto visivo con lui.

"È solo una ragazza. Ce ne sono molte altre là fuori", dice Moreno.

Mi oppongo al suo suggerimento.

"Porta in grembo mio figlio. Non avrei dovuto lasciarla andare". Sbatto il pugno contro la scrivania di legno. La rabbia mi fa bollire il sangue e mi scorre nelle vene.

L'ultima cosa di cui ho bisogno è apparire debole. Lasciarla andare è stato un errore a cui devo rimediare.

Ho fatto una cazzata.

Lascio cadere il tablet sulla scrivania e mi alzo.

"Qual è il piano?" Chiede Moreno. È già un passo avanti. Abbiamo lavorato insieme a stretto contatto per così tanto tempo che ha la straordinaria capacità di sapere cosa sto pensando. "Ci introduciamo nel complesso di DeLuca e la rapiamo?"

Quando lo dice così, sembra orribile, ma lei è mia, e quel bambino è mio. Non posso permettere che succeda qualcosa al bambino che porta in grembo.

"Suo padre l'ha avvelenata", dico e lancio le mani in aria. "Per come la vedo io, stiamo organizzando una missione di salvataggio".

Moreno fa un sorriso. "Come vuoi vederla, capo. All'improvviso siamo noi i buoni". Ride sottovoce.

Sì, pazzesco.

CAPITOLO TRENTASEI

NICOLE

"Papà." Scendo dal SUV e mi dirigo verso l'ingresso.

È in piedi sopra di me sul gradino più alto, torreggiante. Tiene le braccia incrociate sull'ampio petto e non sembra minimamente contento di vedermi.

Perché?

So che me ne sono andata in fretta e furia e che tecnicamente sono scappata, ma sembrano passati secoli. Mi ha visto quella notte, quando sono stata rapita.

Non era preoccupato che fossi costretta a tornare a casa con Dante?

"Sei una disgrazia per la famiglia", dice papà.

Non mi scuso. Mi mordo la lingua per tenere le labbra sigillate.

"Sai i problemi che hai causato? Le ore di lavoro per gestire te e il tuo dramma?". Mi rimprovera.

Vuol dire che se avessi resistito un po' più a lungo da Dante, alla fine papà sarebbe venuto a prendermi?

La sferzata di lingua continua.

"Mi aspetto che, mentre sei sotto il mio tetto rispetti le mie regole, Nicole. Per prima cosa, andrai in camera tua e ti farai bella. Sebbene tu possa aver pensato di essere uscita da un matrimonio, posso testimoniare il fatto che ti sposerai".

"Cosa?" Non posso più tacere. "Papà, no!" Ha perso la testa?

Indica la porta. "Dentro e di sopra. Ora!" La sua voce mi fa correre un brivido involontario.

Vengo praticamente spinta in casa, le scarpe calpestano il pavimento mentre salgo come una furia le scale fino alla mia camera da letto.

Sbatto la porta e sento la casa vibrare.

È come se avessi di nuovo dodici anni e fossi stata punita per essere uscita di nascosto. Getto via le scarpe. Finiranno nella spazzatura.

Mi siedo sul bordo del letto e mi lascio cadere sul materasso, con le gambe che penzolano da una parte.

Venire qui è stato un errore.

Il mio cuore fa male e lo stomaco è un fascio di nodi ma non ci sono lacrime, solo anni di rabbia sepolta in profondità pronta a sgorgare.

Non mi muovo dalla mia posizione sul letto. Non sono del tutto reclusa come lo ero con Dante, ma non posso comunque andare da nessuna parte senza essere rimproverata. Soprattutto stasera.

Sento un colpo deciso alla porta.

"Entra", dico io.

Papà non bussa. Entra di soppiatto.

Vance apre la porta della camera ed entra nella stanza. Mi dà un'occhiata alle spalle. "Tuo padre mi ha chiesto di controllarti". Alza un dito per farmi segno di aspettare e poi chiude la porta dietro di sé.

Non mi piacciono le sue buffonate e i suoi giochetti. Vance è il secondo in comando di papà. È molto fedele. Praticamente un cane che lo segue ovunque con una smania di compiacere.

Mi siedo, dandogli la mia attenzione, ma non ottiene altro. "Non sposerò nessuno".

Non sono minimamente entusiasta di essere tornata.

Questa è stata opera mia. Ho avuto l'opportunità di fuggire e ricominciare, e avrei dovuto coglierla.

"Dovresti fare la doccia e vestirti. Sarà qui per cena, e non si sa mai, potrebbe davvero piacerti", dice Vance.

È bravo con le persone e sa come conquistare il cuore di molte signore.

Ma non può convincermi.

"Ecco un'idea. Perché non vai al mio posto?".

"L'irascibilità non ti dona", risponde Vance.

Scrollo le spalle e allungo le braccia. "Non andrò a cena con un tizio che papà vuole farmi incontrare". Non c'è alcuna possibilità che possa convincermi. Inoltre, non ho fame. Non ne ho più da un bel po' di tempo.

Il pensiero del cibo e di dover fare la brava con un estraneo mi scuote e mi rivolta lo stomaco.

O forse è la gravidanza o quella stupida febbre che Dante mi ha detto che ho.

In ogni caso, da un momento all'altro, potrei vomitare.

Salto dal letto e corro attraverso la stanza verso il bagno comunicante. Sbatto la porta, colpisco il ventilatore e sollevo la tavoletta.

Prego che Vance non mi segua e non faccia domande. Può credere che sia un'intossicazione alimentare o i nervi. Non me ne frega un cazzo di quello che crede, ma non voglio intrattenere uno dei clienti di papà.

"Non puoi nasconderti lì dentro per sempre", mi grida Vance e bussa alla porta.

"Sì, posso. Vattene!"

Ci sono diversi minuti di quiete. Forse mi sente vomitare o ha deciso di darmi un po' di spazio. Dubito che mi darà una vera tregua.

Tornerà.

Finisco in bagno e mi metto di nuovo a letto, sdraiandomi sopra le coperte appena messe. Le lenzuola sono state rimboccate strette e le tiro con forza per rannicchiarmici sotto. Non mi importa che le tende siano aperte e che sia pieno pomeriggio.

Sono esausta.

Mi appisolo. Non so per quanto tempo ho dormito, ma ad un certo punto sento il pesante rimbombo delle scarpe che salgono le scale, attraversano il corridoio e vengono verso la mia stanza.

Il rumore è abbastanza forte da svegliare i morti.

Cazzo.

Papà sfonda la porta, la maniglia gli resta in mano.

Non c'è voluto molto, onestamente. Le viti erano allentate da tempo e la maniglia era economica e aveva bisogno di essere riparata.

"Non mi interessa se vuoi unirti a Romano per la cena o meno. Lo accompagnerai e sarai vestita in modo appropriato. Se non ce la fai, ti farò fare il bagno da Vance, ti vestirai e ti accompagnerò come chaperon".

"Non manderai Vance come mio accompagnatore?"

La risposta di papà è secca. Non c'è un sorriso o un luccichio nei suoi occhi. "No", dice.

L'ho deluso. È ovvio, e non mi importerebbe se non fosse che se devo rimanere qui, allora devo trovare un modo per convincerlo a lasciarmi stare.

Gli dico del bambino? È il mio biglietto per sfuggire alla sua follia? Vuole farmi sposare.

Perché? Per il suo impero o per qualche altra ragione che non riesco a comprendere?

Le sue idee sono sempre state antiquate. Non ci ho mai pensato molto fino a quando non sono andata all'università. È un peccato che sia tornata a casa. È stato il più grande errore della mia vita.

E il tornare qui oggi.

E il bambino.

Bene, ok, con questo sono tre.

Non prendo buone decisioni.

Non è che io sia cresciuta in una famiglia stabile con un'infanzia normale. Mio padre era nella mafia, e anche se non era Don, ha scalato rapidamente i ranghi. Questo non accade se fai il gentile o l'empatico.

È un assassino.

Non sono un'idiota. So quello che ha fatto, ma non significa che debba farmi sposare al miglior offerente.

"Non hai niente da dire in tua difesa, Nicole?" Sta aspettando delle scuse, o almeno una parola di accettazione.

Vuole la mia sconfitta.

Beh, non l'avrà.

"Non posso sposare Romano", dico. So esattamente cosa farà arrabbiare papà: dirgli la verità.

Preferirei che mi buttasse sul lastrico, che mi buttasse fuori, invece di costringermi a sposare un estraneo.

Esalando un respiro nervoso dico "Sono incinta".

Non c'è alcun accenno di emozione, e la rabbia che mi aspettavo è ben nascosta, se esiste. Papà ha imparato a incanalare tutte le sue emozioni nella rabbia.

Sono anche ben consapevole della sua delusione nei miei confronti.

Papà alza una mano per indicare che ha sentito abbastanza. "Fai la doccia, vestiti e preparati che Romano ti raggiunge per cena".

"Stiamo uscendo?" Chiedo. Se papà mi lascia andare via con Romano, allora c'è la possibilità di scappare a piedi. O rubare un altro veicolo. Questa volta, però, non mi prenderanno.

I suoi occhi si stringono mentre mi guarda. "Andare via? No, non ci si può fidare di te fuori da queste quattro mura finché non ti sposi".

L'aria viene rubata dai miei polmoni. "Cosa?" Non può essere serio. Non mi terrebbe prigioniera, vero?

"Sono stanco delle tue buffonate infantili, Nicole. Tu sposerai Romano".

Vorrei che la mamma fosse ancora qui. Era l'unica persona che poteva tenergli testa, anche se lui non era stato particolarmente gentile nemmeno con lei.

"Devo sposarlo, anche se non lo amo?"

"L'amore è una nozione creata da uomini con tasche profonde".

Mi avvicino alla finestra, il mio unico rifugio mentre sono chiusa dentro. Guardo il giardino al centro del complesso. Anche se potessi liberarmi, aprire la finestra e calarmi giù, non ci sarebbe nessun posto dove fuggire.

"Non posso sposare Romano. Sono innamorata di Dante e avrò un figlio da lui", dico. La mia mano cade sulla pancia. Mi si vede appena, e i vestiti che indosso mi stanno abbastanza larghi che nessuno se ne accorge.

Papà si precipita in camera da letto e mi mette alle strette davanti alla finestra. "Vuoi un figlio senza padre? Un figlio o una figlia che cresca senza un modello di riferimento. Questo è quello che mi stai chiedendo, Nicole, di lasciarti vivere in un mondo di fantasia dove cresci un figlio da sola".

Dante vorrebbe crescere il bambino con me? Non è qualcosa di cui abbiamo discusso.

"Non sarei da sola. Avrei Dante".

Ho perso la testa.

Questa è l'unica ragione per cui potrei dire cose così folli a papà. È più facile credere che Dante voglia sposare me che accettare la dura realtà di sposare Romano.

"Allora perché hai lasciato Dante? Dovevi sposarlo e sei scappata. Come fai sempre, Nicole. Non sai cosa vuoi. Sei praticamente una bambina", dice papà e mi fissa. Mi accarezza la testa come si farebbe con un bambino piccolo.

Mi fa rivoltare lo stomaco.

Gli tolgo il braccio con la forza.

Mi sta sminuendo, e lo odio.

Lo odio.

La rabbia mi attraversa, offuscando la mia mente. Che cosa ha detto sul fatto di sposare Dante? "Cosa vuol dire che dovevo sposarlo?"

Sono contenta di essere seduta sul bordo del davanzale bianco immacolato. La vista del giardino sottostante è leggermente calmante mentre distolgo lo sguardo da papà. Ho bisogno di spazio, ma lui non me ne dà. Essere in sua presenza è soffocante.

Era così che mi sentivo con Dante, solo che era diverso.

Non riesco a spiegarlo.

Dante può avermi tenuto chiuso nella sua torre, ma sembrava sinceramente preoccupato per me. D'altra parte, mi aveva rapito e costretto a vivere con lui.

Le mie dita si aggrovigliano tra i capelli.

Ho bisogno di un aiuto professionale, ma con chi potrei parlare? Voglio dire, mio padre e il padre di mio figlio sono entrambi Don mafiosi. Le nostre vite e tutto ciò di cui siamo testimoni sono votate al silenzio.

La terapia non è un'opzione.

"Questa conversazione è finita", dice papà.

Bene.

Anch'io sono stanca di avere a che fare con lui.

Significa che ho vinto?

"Hai un'ora per prepararti prima che arrivi Romano".

Dovrò solo fare in modo che non mi voglia. Quanto può essere difficile? Nel peggiore dei casi, dirò a Romano che sono incinta. Questo dovrebbe spaventarlo.

CAPITOLO TRENTASETTE

DANTE

"C'è un furgone che sta entrando nel complesso", dice Sawyer nell'auricolare. È uno dei miei scagnozzi.

Ho portato quasi tutti i miei uomini, ne ho lasciati solo alcuni a guardia del forte.

"Qualche segno di chi o cosa c'è dentro?". Chiedo.

Non è un segreto che Gino è coinvolto in affari di armi, ragazze e droga. Due su tre non mi preoccupano molto, ma le donne, compresi i bambini, no.

Ho una certa morale.

"Un tizio in giacca e cravatta ha appena parcheggiato e sta uscendo dal furgone. Non lo riconosco", dice Moreno. Si è accucciato accanto a me con un binocolo, e sta esaminando la scena.

Tendo la mano. Voglio vedere questo coglione che lavora per Gino.

Non lo riconosco. Riconsegno il binocolo a Moreno e do un'occhiata al tablet che ho portato. Siamo connessi al Wi-Fi quindi riceviamo un segnale decente e posso tenere d'occhio la loro sorveglianza e assicurarmi che nessuno arrivi inaspettatamente.

"Capo", la voce di Sawyer si incrina attraverso l'auricolare. Il segnale audio ha dei problemi, ma il video è ancora intatto.

Faccio cenno a Moreno di aspettare, e poi la linea torna, cristallina. "Non ci crederesti mai. Il tipo ha portato dei fiori, un mazzo di rose. Chi cazzo porta dei fiori al Don?".

"Non sono per Gino", affermo con la bocca asciutta. "Chiunque sia, è qui per Nikki".

Dubito che ci sia un entourage di donne che ricevono fiori nel complesso di DeLuca. Potrebbero esserci diverse donne tenute prigioniere, ma nessuno le sta corteggiando.

Un ragazzo compra fiori per una ragazza solo quando sta cercando di scoparla o si sta scusando.

Sono contento di non aver sprecato un altro minuto a casa.

Sono impulsivo? Probabilmente, ma non me ne frega niente.

Nikki è mia.

Nessun altro si avvicinerà a lei o al mio bambino.

Certamente non uno con le rose.

Fanculo. Non c'è più tempo per la sorveglianza.

"Quante guardie lungo il perimetro?" Dobbiamo muoverci prima che la situazione diventi pessima.

La voce di Sawyer arriva per prima sulla linea. "Abbiamo due guardie all'entrata nord. Posso creare un diversivo sul lato est e attirarli via".

"Aspetta", Caden, un altro dei miei, interrompe prima che Sawyer possa iniziare il suo piano.

"Gino è appena uscito. Ho il colpo in canna. Posso farlo fuori", dice Caden.

Nikki è la priorità, ma l'opportunità di far fuori il capo dell'impero DeLuca è una distrazione utile. "Fallo", dico io.

Gino è un porco, che rapisce giovani ragazze e le traffica attraverso la sua impresa. Non si sentirà la sua mancanza.

Dalla mia posizione, non riesco a vedere il colpo.

Il filmato di sorveglianza non lo mostra, il che è una benedizione perché almeno i suoi uomini non sapranno cosa li ha colpiti.

Io e Moreno teniamo d'occhio i filmati di sorveglianza, dando ai miei uomini tutto il tempo necessario per far fuori una guardia dopo l'altra prima di essere scoperti.

Gli ordini vengono lanciati in giro, faccio sgombrare il perimetro mentre ci prepariamo a fare irruzione nell'ingresso principale. Non posso guardare il filmato ed essere in prima linea allo stesso tempo.

Strategicamente dovrei rimanere indietro, ma come Don mi rifiuto di ordinare ai miei uomini la guerra senza mettere piede sul campo di battaglia. Consegno il tablet a Moreno.

Lui è il mio secondo. Se mi succede qualcosa, sarà lui a dare gli ordini.

Ho una pistola alla caviglia e una semiautomatica sulla spalla. Impugno l'arma e ricordo ai miei uomini che, qualunque cosa facciano, non sparino a Nikki.

Porta in grembo mio figlio.

Lasciarla andare è stato un errore. Un momentaneo errore di valutazione. Lei merita la libertà, ma non quella libertà che pensa di volere.

Nikki non si rende conto del pericolo in cui si è cacciata tornando a casa.

Suo padre l'ha avvelenata. Ha ordinato il suo rapimento e ha permesso che fosse venduta.

Ho cercato di avvertirla, ma non mi ha creduto.

Perché dovrebbe?

Ora sono venuto a salvare lei e il bambino che porta in grembo.

Ma la vedrà così?

CAPITOLO TRENTOTTO

NICOLE

Romano mi porta delle rose. Dovrei innamorarmi perdutamente del suo sforzo?

Ovviamente sono state comprate in un supermercato.

Non si è nemmeno sprecato di andare da un fioraio.

Odio le rose. Hanno il colore del sangue.

Mia madre aveva ricevuto un mazzo di rose rosse il giorno in cui era stata uccisa.

Romano non poteva sapere dei fiori o della morte di mia madre. Almeno, non credo.

Porto le rose in cucina e trovo un vaso sotto il lavandino. Tagliando gli steli mi pungo il pollice.

Il sangue gocciola nel lavandino e io apro il rubinetto, infilando il pollice sotto il getto d'acqua.

"Dannate rose", mormoro tra me e me.

Se fossi superstiziosa, penserei che è un presagio.

Ma non lo sono.

Beh, di solito non lo sono.

Il mio stomaco ribolle. Questo è l'ultimo posto in cui vorrei essere, con un estraneo, a cenare per ordine di mio padre.

Se non fosse un boss della mafia che ordina un matrimonio combinato come se fosse una bistecca al ristorante, sarei umiliata. Posso trovarmi un appuntamento da sola. Diavolo, se mi venisse dato abbastanza tempo, probabilmente potrei trovare anche un marito.

Certo, essere incinta non aiuta, ma posso gestire un bambino da sola. Quanto può essere difficile?

Finisco con le rose e torno con calma nella sala da pranzo, dove Romano mi aspetta. Non si è ancora seduto e sembra goffamente fuori posto.

È abbastanza piacevole, ma non è il mio tipo. È basso, un po' tarchiato, e i suoi capelli sembrano essere stati tinti con del lucido da scarpe. Scommetto tutto quello che vuoi che il colore resta attaccato ai vestiti.

"Spero che i fiori ti piacciano, Nicole. Ho fatto un viaggio in città per prenderteli".

Dovrei essere impressionata? Perché non lo sono.

Non rispondo a Romano. I suoi fiori non valgono la pena.

Perché papà vuole che lo sposi? È per un pezzo di terra e due buoi? Non siamo nel 1800. Non sono da far sfilare e vendere all'asta.

Solo che è successo proprio questo, e Dante mi possiede.

Mi ha comprato davvero o era parte del suo piano?

"Tuo padre mi dice che di recente hai passato un brutto momento", dice Romano. Mi fa cenno di sedermi al tavolo e sposta la sedia.

È così che si comporta normalmente o è una farsa che mette su solo perché ogni tanto papà passa dalla sala da pranzo? I suoi passi sono evidenti quando si avvicina.

"Sì." Mi siedo al tavolo. C'è una bella tovaglia bianca immacolata con bordi di pizzo, ma il cibo non è ancora stato portato fuori.

Papà ha un cuoco a tempo pieno che prepara tutti i pasti. Suppongo che sarà lui a cucinare stasera.

"Suppongo di essere fortunato che tuo padre ti abbia venduto a Dante invece di andare avanti con il suo piano originale".

Di cosa sta parlando? "In che senso?"

"Sai, il suo piano per avvelenarti. Mi ha avvertito che potresti non avere fame per la cena e essere un po' lunatica a causa degli antibiotici che ti hanno dato, ma mi ha assicurato che non sei contagiosa".

Sto per sentirmi male. Appoggio le mani sul tavolo. "Papà mi ha venduto a Dante?"

"Sì, ha orchestrato il rapimento a causa del tuo scatto d'ira, per darti una lezione. Spero che abbia funzionato. Odio ammettere che non sono così creativo come tuo padre".

Ucciderò papà.

La nausea e il terrore si trasformano in disgusto.

La mia unica possibilità è quella di deludere Romano nel modo più gentile possibile.

Appoggio la mano sulla pancia. Ora o mai più. Speriamo che questo lo spaventi.

"Hai sentito la notizia? Porto in grembo il figlio di Dante Ricci". Gli lancio un sorriso sornione.

Mi aspetto che papà irrompa nella sala da pranzo e mi rimproveri, ma non viene.

In effetti, i suoi passi non si sentono più nel corridoio. Deve essere andato nel suo ufficio o essere uscito a prendere un po' d'aria fresca.

"Il figlio di Don Ricci?" Chiede Romano. I suoi occhi si allargano e impallidisce. Non sembrava infastidito dal fatto che mio padre mi avesse avvelenato, rapito e venduto, ma la gravidanza è troppo per lui.

Forse smetterà di fingere di volermi sposare e se ne andrà.

Preferisco di gran lunga mangiare da sola.

Appena fuori dal complesso scoppiano degli spari. "Gino è stato colpito. Siamo sotto attacco!" La voce di Vance arriva nella sala da pranzo.

Romano si alza dalla sedia e afferra la sua pistola al fianco. "Non preoccuparti. Ti proteggerò io".

È proprio questo che mi preoccupa.

Mi spingo oltre Romano. Devo vedere mio padre.

"Papà!" Grido, aspettandomi che Vance mi dica dov'è o che senta i suoi gemiti di agonia. Non può essere lontano.

Non presto attenzione a Romano alle mie spalle. Ha un'arma e può difendersi da solo. Che viva o muoia non mi riguarda.

Mi affretto a percorrere il corridoio. "Papà!"

Se non è morto, potrei doverlo uccidere.

Ho appena superato la biblioteca quando qualcuno mi tira dentro la stanza, coprendomi la bocca.

Colpisco l'intruso con il gomito e gli pesto il piede. Lui non allenta la presa.

"Puoi venire con me volontariamente o posso portarti fuori di qui, anche se scalci e urli", sussurra Dante al mio orecchio.

Mi giro e fisso il suo sguardo scuro. Dovrei odiarlo.

Mi ha mentito.

Mi ha sopraffatto.

Mi ha costretto a prendere quella stupida pillolina che mi ha salvato la vita. Ma non lo faccio. Provo solo sollievo.

"Perché?" È tutto quello che riesco a chiedere. L'unica parola che trova spazio sulle mie labbra.

Dante rimane in silenzio per pochissimi secondi. "Porti in grembo mio figlio. Pensi davvero che ti lascerò andare ad un appuntamento con quello sfigato?".

"Come fai a saperlo?" Lo tiro con me fuori dalla vista, nel caso in cui qualche guardia si avvicini. "Dobbiamo portarti via da qui".

Ride sottovoce. "Solo se vieni con me".

Dovrei essere arrabbiata. Spingerlo via. Dirgli di andarsene. Ha invaso la mia casa.

Solo che questa non è casa mia. Almeno non più.

Non ho motivo di credere che Romano mi abbia mentito, il che significa che il mostro con cui ho vissuto non è Dante ma mio padre.

Ho bisogno di sentirlo da Dante. "È vero?" Chiedo, fissandolo.

Scuote la testa. Non ha idea di quello che ho appena scoperto.

"Mi hai detto che papà mi ha avvelenato. Mi ha anche fatto rapire? È lui che traffica donne, ragazze, bambini?". Il mio cuore potrebbe scoppiare nel petto.

Pensavo che Dante fosse il mostro e forse lo è, ma non è mai stato così con me.

Ho la nausea e Dante mi prende in braccio prima che io possa crollare. È troppo da sopportare.

"Ti porto a casa con me".

Non mi chiede il permesso. Ci sono spari dentro e fuori. È sicuro andarsene? Probabilmente no, ma i suoi uomini sono gli invasori e io sono disposta ad andare con lui. Anche se sarò prigioniera di Dante, resta una persona più umana di mio padre.

"Hai ucciso mio padre?" Devo sapere la verità.

"Ho dato l'ordine, ma non era il mio proiettile".

CAPITOLO TRENTANOVE

DANTE

Mi aspetto rabbia, risentimento, odio, ma non è quello che trovo quando salvo Nikki.

Le sue braccia sono strette intorno al mio collo mentre la porto fuori dalla porta d'ingresso, oltre lo spargimento di sangue e i corpi sparsi nell'atrio.

Non è bello ma lei non fa nemmeno una smorfia.

La riaccompagno al mio pick-up, fuori dai cancelli di metallo nascosti dalle telecamere di sorveglianza, e la faccio sedere dal lato del passeggero.

Moreno può sedersi dietro. Sono generoso, gli sto offrendo un passaggio per tornare alla villa. Potrebbe tornare in macchina con Sawyer o uno degli altri uomini. Molti hanno portato veicoli con artiglieria e uomini preparati per la guerra.

Moreno mi dà un'occhiata e con un cenno silenzioso mi dice che stanno tutti bene.

Il viaggio di ritorno è silenzioso.

Ogni tanto guardo Nikki. Sta fissando fuori dal finestrino laterale, tranquilla. Non l'ho mai vista così silenziosa come oggi.

È arrabbiata perché abbiamo ucciso suo padre?

Non ne ha fatto parola dopo che ho confessato di aver dato l'ordine di farlo giustiziare. La maggior parte dei suoi uomini sono stati uccisi. Alcuni sono fuggiti, da quanto ho sentito, e i miei continuano a dar loro la caccia.

La famiglia DeLuca sarà finalmente finita a Breckenridge?

Nikki è la figlia di un boss della mafia.

Sceglierà di raccogliere l'eredità di suo padre? Non sembra il tipo capace di uccidere e non ha intenzione di continuare a trafficare donne.

Cosa rimane? Armi e droga?

———

Moreno apre la porta d'ingresso e io la porto nell'atrio. Non ha le scarpe, e il vialetto di pietra e i gradini di cemento sono caldi anche sotto il sole della sera.

"Vado su in camera mia", dice Nikki nel momento in cui i suoi piedi toccano il pavimento.

Faccio una smorfia, non so perché voglia andare a letto così presto. L'adrenalina sta ancora pompando attraverso di me alla velocità della luce. "Perché? Ti senti bene?" Chiedo.

Ne ha passate tante. Non la biasimerei se volesse fare un pisolino, anche se si sta facendo tardi.

È stata una giornata lunga e probabilmente estenuante per lei.

Nikki si stringe le labbra. "Pensavo che mi volessi fuori dai piedi. Credo di essere abituata ad essere segregata nella mia stanza".

Le mie strette restrizioni sui suoi spostamenti cambieranno. Non credo che cercherà di scappare di nuovo.

Potrei essere uno stupido, ma lei non ha un posto dove andare, non ha nessuno a cui rivolgersi, ed è incinta.

Avrà una guardia fuori dalla stanza, ma è per la sua sicurezza. Non posso essere sicuro che i pochi uomini rimasti non cercheranno di vendicarsi.

"Beh, se pensi di riuscire a mangiare, dovresti unirti a me in cucina".

Lei alza un sopracciglio. "Come fai a sapere che non ho già mangiato?".

Se avesse mangiato qualcosa sarebbe probabilmente già venuta fuori, visti gli eventi della notte. "L'hai fatto?".

Non le dico che ho fatto irruzione in cucina con uno dei miei uomini, spaventando il cuoco. Ha rovesciato una mezza dozzina di piatti sul pavimento quando si è buttato a terra per nascondersi.

Lei sorride. "No."

"Cosa hai voglia di mangiare?". Non sono un gran cuoco, ma ho un buon chef.

"Zuppa, cracker, acqua, il solito".

Niente da fare. Non giocheremo più a quel gioco. "Dovrai mangiare una cena sana. Se devo portarti fuori a cena per aiutarti a riconquistare l'appetito, così sia".

Un sorriso le sfiora le labbra. Sembra molto più rilassata, a suo agio. "Mi permetterai di lasciare questo posto?"

"Non sei prigioniera, Nikki", dico, volendo che lei sappia la verità e la accetti. "Non ho mai avuto intenzione di comprarti e tenerti rinchiusa, ma quando ho scoperto che eri incinta, ero preoccupato di non vedere mai mio figlio e che saresti stata un bersaglio".

Annuisce lentamente, ascoltando quello che ho da dire.

"Vuoi davvero dirmi che posso andare al negozio, comprare vestiti per la gravidanza e prendere un caffè?"

"Sì, sì, e dopo la nascita del bambino, potrai avere tutto il caffè e la caffeina che vuoi". Questo non significa che la lascerò andare da sola. Una guardia la sorveglierà e la proteggerà.

Il suo naso si arriccia in quel modo adorabile che mi fa battere il cuore.

"Mi manca il caffè", si lamenta.

"Beh, è una buona notizia. Significa che hai di nuovo interesse per il cibo". Le sistemo una ciocca di capelli dietro l'orecchio.

Si appoggia alla mia mano.

"Ora, riguardo alla cena. Cosa vuoi mangiare?"

"Ho una voglia matta di sushi", dice Nikki.

Sono abbastanza sicuro che una donna incinta non dovrebbe consumare pesce crudo. "Qualche altra voglia?" Odio dirle di no, soprattutto dopo tutto quello che ha passato.

"A parte te?"

È come se potesse leggermi nel pensiero. La tiro con forza verso di me e le nostre labbra si scontrano.

Sono grato di averla di nuovo a casa mia. Mi rallegra sentire che vuole stare qui, con me.

Le mie dita vagano contro il suo fianco, sotto la sua camicia, sfiorando la sua pelle. È piccola e si sente incredibilmente fragile.

Voglio divorarla, ma solo dopo aver mangiato. È incinta e il nostro bambino e la sua salute devono avere la priorità sui miei bisogni.

È la prima volta nella mia vita che metto qualcun altro al primo posto.

"Cena", dico di nuovo tra un bacio e l'altro. "Cosa vuoi mangiare?"

Il suo viso si accartoccia e lei mugola quando le mie labbra si soffermano sul suo collo.

"Nikki?"

Sento le sue fusa.

"Qualsiasi cosa purchè implichi che tu sia nudo e me lo faccia mangiare". Il suo sorriso mi strattona le viscere, e le sue parole mi fanno diventare il cazzo di marmo.

"Donna, tu sarai la mia morte".

EPILOGO

NICOLE

Ho un figlio. Per un momento c'è stata la preoccupazione per la febbre C, lo stress della gravidanza e il parto anticipato.

Ma tenendo Luca tra le braccia, sentendo la travolgente sensazione di gioia, senza dubbio sapevo che sarebbe stato bene.

È perfetto. Cresce in fretta, già sgambetta e si intrufola in tutto ciò che vede.

Luca ha gli occhi di suo padre, e ogni volta che lo tengo in braccio, mi ricorda tanto Dante. La somiglianza diventa ancora più inquietante ogni giorno che passa.

Dante è stato fantastico sia come marito che come padre. Per un uomo che è interamente alfa-protettivo e dominante, ha mostrato un lato più gentile che sono rimasta sorpresa di scoprire.

"Come sta il mio ragazzo?" Chiede Dante mentre solleva Luca tra le braccia e lo fa girare.

Luca succhia il suo ciuccio, non se ne vuole separare non importa quanto cerchiamo di corromperlo con peluche e dolcetti. Giuro che porterà quel dannato coso all'asilo in autunno.

Luca strilla di gioia quando Dante lo lancia in aria. "Stai diventando troppo grande per questo gioco." Dante sorride e fa finta che Luca sia troppo pesante e grosso.

"Voi due mi farete venire un infarto", dico con una risata. Sto scherzando solo a metà. Cerco di non essere una madre iperprotettiva, ma è un lavoro pericoloso.

Luca e Dante sono il mio mondo.

Non avrei mai pensato di vedere il giorno in cui mi sarei sposata con un Don.

"Si sa qualcosa dei DeLuca e di Vance?" Chiedo, cercando di suonare disinvolta.

Papà e molti dei suoi uomini sono morti nell'imboscata durante la quale Dante mi ha salvata. Ma Vance era scappato nella foresta con due uomini, Marco e Rafael.

"Ho messo Sawyer a dar loro la caccia. Vance è stato avvistato a Chicago e Rafael in California".

"Qualche idea sul perché siano così distanti?" Non voglio preoccuparmi degli affari, quello è compito di Dante, ma quando si tratta della mia ex famiglia, mi preoccupo che mio figlio sia un bersaglio.

"I russi mi hanno avvisato di Vance, ma no, non so cosa abbia in mente", dice Dante. "Ho gli uomini migliori che tengono d'occhio i loro spostamenti, e se anche solo attraversassero il confine di stato, lo saprò".

Esalo un sospiro, mi chino e rubo un bacio a Dante. "Mi fido di te".

"Lo so. Anche io ti amo e mi fido di te", sussurra contro le mie labbra. "Oh, hai sentito che Moreno si sposerà e avrà una bambina? Ti immagini se i nostri figli si sposassero...".

"No", lo interrompo prima che possa suggerire quello che penso stia per dire. "Niente più matrimoni combinati. Nostro figlio può crescere e sposare chi vuole".

———

Grazie per aver letto Voto Segreto.

L'avventura continua con Voto Prigioniero e la storia di Moreno.

Assunta come tata, suo padre mi dice che è muta ma la sorprendo a canticchiare una ninna nanna.

È un bugiardo. Oppure lei ha ingannato tutti.

Cosa potrebbe mai nascondere una bambina di quattro anni?

Avrei davvero dovuto fare un controllo su di lui. Immaginate la mia sorpresa quando ho scoperto che il mio capo lavora per la mafia.

Voglio andarmene ma lui non me lo permette. Sono sua prigioniera, costretta a seguire le sue regole e a fare quello che chiede.

Clicca su Voto Prigioniero ora!

Pronta per la tua prossima lettura con un solo clic?
Leggi la serie Eagle Tactical a partire da Esporre:
Jaxson.

E iscriviti alla mia newsletter per scoprire nuovi libri,
omaggi e sconti:
www.authorwillowfox.com/subscribe

Apprezzo il vostro aiuto nel diffondere le mie storie.
Le recensioni aiutano i lettori a trovare i libri! Per
favore lascia una recensione!

OMAGGI, LIBRI GRATIS E ALTRE CHICCHE

Spero che vi sia piaciuto Voto Segreto e che abbiate amato la storia di Dante e Nikki.

Iscriviti alla newsletter di Willow Fox

Se vi è piaciuto Voto Segreto, prendetevi un momento per lasciare una recensione. Le recensioni aiutano altri lettori a scoprire i miei libri.

Non sapete cosa scrivere? Non c'è problema. Non deve essere lunga. Potete raccontare come avete scoperto il mio libro: è stato consigliato da un amico o ne avete sentito parlare al gruppo di lettura? Fate sapere ai lettori chi è il vostro personaggio preferito o cosa vorreste che accadesse dopo.

Grazie per aver letto! Spero che prenderete in considerazione l'idea di iscrivervi alla mia mailing list per ricevere libri gratuiti, promozioni, omaggi e notizie sulle nuove uscite.

L'AUTORE

Willow Fox ama scrivere da quando era al liceo (molti anni fa). I suoi romanzi ambientati in piccole città riflettono la vita nell'America rurale.

Willow ama la parola scritta, sia che sia lei stessa a scrivere storie d'amore, sia che ne sia solo la lettrice. Lei sogna di essere spazzata via dalla sua vita e spera di essere riuscita a fare lo stesso con voi lettori!

Visitate il suo sito web all'indirizzo:

https://authorwillowfox.com

DI WILLOW FOX

Voto Spietato

Fratelli Bratva

Boss Brutale

Capo Malvagio

Capo Possessivo

Capo Ossessivo